诺贝尔文学奖作家作品

不吉利的姑娘

THE UNLOVED WOMAN

〔西〕 哈辛特·贝纳文特·伊·马丁内斯　著

李妍妍　译

北京出版集团

北京出版社

图书在版编目（CIP）数据

不吉利的姑娘 ／（西）哈辛特·贝纳文特·伊·马丁
内斯著；李妍妍译 . — 北京：北京出版社，2020.10（2025.7重印）
（诺贝尔文学奖作家作品）
ISBN 978-7-200-14164-1

Ⅰ . ①不… Ⅱ . ①哈… ②李… Ⅲ . ①剧本—作品集
—西班牙—现代 Ⅳ . ① I551.35

中国版本图书馆 CIP 数据核字（2018）第 194573 号

诺贝尔文学奖作家作品

不吉利的姑娘
BU JILI DE GUNIANG

[西]哈辛特·贝纳文特·伊·马丁内斯　著
李妍妍　译
*
北　京　出　版　集　团
北　京　出　版　社　出版
（北京北三环中路 6 号）
邮政编码：100120

网　址：www. bph. com. cn
北 京 出 版 集 团 总 发 行
新 华 书 店 经 销
三河市天润建兴印务有限公司印刷
*
140 毫米 × 202 毫米　32 开本　4.875 印张　113 千字
2020 年 10 月第 1 版　2025 年 7 月第 3 次印刷
ISBN 978-7-200-14164-1
定价：35.00 元
如有印装质量问题，由本社负责调换
质量监督电话：010-58572393
责任编辑电话：010-58572757

作家小传

哈辛特·贝纳文特，全名哈辛特·贝纳文特·伊·马丁内斯（Jacinto Benavente y Martínez，1866—1954）出生于西班牙马德里，他的父亲是当地一位知名的儿科医生，也是诺贝尔文学奖得主、戏剧家埃切加赖的私人医生。从幼年时期开始，贝纳文特就对戏剧非常痴迷，而且由于父亲的关系，他有很多机会去马德里的剧院观看戏剧首演，这更加深了他对戏剧的兴趣。长大之后，贝纳文特进入了马德里大学，攻读法律专业。然而，对戏剧的热爱最终让他放弃了法律。

1885年，贝纳文特从马德里大学辍学，加入了一个马戏团，成为一个剧团的演员，到全国各地巡演。在全国各地巡演的经验给他带来了很好的戏剧创作素材，让他有机会写出好的戏剧作品。

1894年，他的剧作《别人的窝》在马德里首次公演，大获成功。从此，贝纳文特在剧本创作的道路上一发不可收拾，接连创作了《上流社会》（1896）、《野兽之宴》（1898）、《星期六晚上》（1903）、《利害关系》（1907）、《女主人》（1908）、《不吉利的姑娘》（1913）、

《貂的田野》（1916）等多部脍炙人口的作品。

其中，《利害关系》是一部讽刺喜剧，也被认为是贝纳文特最成功的剧本。贝纳文特涉猎广泛，风格多变，喜剧、悲剧、儿童剧等均有涉及。而且，他的剧本风格和题材也十分多变，情节剧、伦理剧、风俗喜剧、社会讽刺剧都信手拈来，尤其以最后两种最为擅长。

1922年，贝纳文特因戏剧创作成就荣获诺贝尔文学奖。

贝纳文特从不满足已取得的成就，晚年仍在勤奋地创作。1941年，他的新作品《不可相信》再次赢得读者瞩目。贝纳文特一生一共创作了150多部剧本，令人叹为观止。

贝纳文特的晚年是在马德里度过的。1954年7月14日，这位著作等身的作家溘然长逝，终年88岁。

授奖词

诺贝尔委员会主席　佩尔·哈尔斯特龙

在戏剧上，哈辛特·贝纳文特的想象力得到了尽情的发挥。对于他而言，他在戏剧上大有作为，都要归功于自己的各种生活体验。贝纳文特除了具有非常丰富的想象力，他似乎只需要把自己的生活体验表达出来，就可以形成一部作品。而别人要想自由地写出同样的作品，却不知道要动用多少脑细胞才能办到。

贝纳文特有健全的人格、缜密的思维，这是他得以不停地进行戏剧创作的支柱所在。他爱戏剧，爱剧场的环境，也爱现实生活，他一直渴望通过戏剧把生活表现出来，而且他也确实在这样做。他是带有审判性地热爱生命的，而不是不分青红皂白的。贝纳文特不仅观察力超强、智慧超群，而且还懂得坚持自我、克制，这使得他的作品永远保持着客观性，而不会任由个人的情绪蔓延。可是人们却不会因为他而觉得哪里不舒服。

贝纳文特的作品正因为这些，而具有优雅这一显著的特点。当今社会已经很少有人可以做到这一点了，而这一点在市场上还没有引起人们的重视。可是，不管怎么说，优雅这种特点非常宝贵，特别是当作者可以轻而易举做到时，更可以显现出作者对力度的精准把握，更能体现出作者修养之高、艺术造诣之深。它贯穿整个作品始终，而这些不单让作品拥有优雅的外表，更对作品的内容、结构和布局都产生了很大的影响。

　　虽然贝纳文特的作品所取得的成就并不总在一个层次，可是都拥有相同的特点，那就是把他那娴熟的技巧和紧扣主旨的写作特色都表现出来了。他在主旨表达方面，没有刻意张扬，而是有张有弛。他的作品题材面很广，而且充满了幽默意味，全部都是贝纳文特风格，又完全看不出他的痕迹，最多只是程度上的不同。

　　一般情况下，我们认为"文学写实"这个词不仅有社会化的意思，也有平淡而压抑的意思，尽力论述一个结果。假如我们把这些一般意义都忽略掉，那么就可以把贝纳文特的作品叫作写实性作品，把生命的精彩、剧中人物的冲突、多种思想之间的碰撞都表现出来，就是他的宗旨所在，让生活尽可能真实地呈现在人们眼前。可是，他一定是极其谨慎的，尽可能让作品的客观性不被过度追求目标所影响，因为他写作的宗旨如果是让人们开始思考、化解冲突，不再有偏见，更具有同情心，而这些和他一直以来所坚持的客观公正的描写是相冲突的。一个剧作家可以进行戏剧和舞台演出，他应该是受到了幸运女神的眷顾，可是他仍然保持着小心谨慎。贝纳文特不愿意增加一些手段，即便这样可以让戏剧的节奏更强，情节更引人入胜，让观众的热情更高，因为他不想让作品的主题被这些另外添加上去的东西所影响了。我们很少看到有谁像他这样，拥有这样的戏剧天分，他可以让自己的想象力在舞台上任意驰骋，也可以把其他舞台剧的一些不好的习惯改掉。

他的喜剧产量非常高。在西班牙语中，喜剧的含义非常广泛，连结局不是悲剧的中性戏剧也包括在内。如果以悲剧收尾，则叫作正剧。《不吉利的姑娘》（1913）是贝纳文特最为杰出的一部正剧。此外，他也有不少浪漫主义作品问世，有些作品诗意十足，有几部作品在诗意表达方面甚至让人叹为观止。

可是，贝纳文特依然着重创作喜剧。从上面我们知道，他的喜剧中包括一本正经的正剧和以快乐收尾的真正的喜剧。在创作短篇喜剧方面，他也很有天赋。从他的作品中，我们可以看到他具有独特风格的机敏、优雅。他的作品题材也很丰富。在西班牙文学中，短篇喜剧的光华很是璀璨。可以说，贝纳文特是一代大师，代表作品主要有：《请勿吸烟》（1904）、《爱情惊吓》（1907）、《小理由》（1908）。当然，他的优秀短篇作品远不止这些，可是这些作品都有一个共同的特点，那就是不动声色地进行讽刺和让人物间的矛盾幽默地化解掉。

人们惊叹于贝纳文特的大型作品所呈现出来的社会事物，农民的生活、城市的生活、艺术家的生活应有尽有，甚至连流浪艺人四处流浪的生活都可以见到。贝纳文特深切地同情流浪艺人，所以在对他们进行描写时，评价要远高于别的群体。

贝纳文特的作品中所描绘的故事都发生在马德里和摩拉利达，而这两个地方是上层人士的聚集地。摩拉利达这个镇是贝纳文特虚构的，他的作品中的摩拉利达，永远都是风光旖旎、四季温暖如春，和西班牙中部地区卡斯蒂利亚很像。在他 1897 年创作的作品《喜剧演员们》中，政治家们怀着满腔抱负来到摩拉利达，想要让民众支持他们，让他们那不甚清晰的理想得以变成现实。在他 1901 年创作的作品《省长夫人》中，自高自大、盛气凌人的主人公跑到摩拉利达来，迫切地想让自己的才能发挥出来。如果把马德里比喻为太阳，那么摩拉利达就可以被比喻为一颗被马德里照耀的行星，而且也把马德里的光辉映射出来了。

贝纳文特戏剧作品中人物的命运则是通过首都马德里的精神内核表现出来的。社会阶层决定了人物的命运、社会走向和文化发展情况，不管是现实生活中，还是在剧中都是如此。贝纳文特通过自己的笔触，逐步将这些井井有条地呈现在我们眼前。他先是对环境进行描写，而人物鲜明的个性则通过多姿多彩的生活来映衬。事实上，和戏剧中的道具一样，环境以及人物等多种因素的设置都是为了迎合剧情，不需要刻意呈现。戏剧因素就发挥着构成多幅画卷的作用，人间的悲喜剧就在那里一幕幕上演，有社会众生相，也有个人特写。贝纳文特绞尽脑汁，通过写实和艺术相结合的方式，让我们看到了一面镜子，戏剧就是通过这面镜子反射出来的，进而把我们的人生展现出来。

随之，贝纳文特的作品创作往更简明、更紧凑的方向发展，可是戏剧冲突越发尖锐，对心灵的描绘也比从前更加细腻、深刻。而且写作变得更有目的，始终以一个戏剧核心为中心。他依然给我们描绘着既现实又灵动的人物，可是不会再长篇大论了。在描绘周边的景物时，也只是一笔带过，在情节的设置方面通常让我们大吃一惊，可是整体却给人非常自然的感觉，似乎随兴为之。作品是对现实中最具有代表性、最自然的场景进行刻画的，往往会引发读者的赞叹。他之所以采用这种写实的艺术，只是为了将当下的现实最真实地呈现在读者面前，而不是深受传统悲剧的影响，也不是想要达到记录历史的目的。

贝纳文特在设置剧本情节时，通常不是想引起人们的关注，激发人们的好奇心，而是想把矛盾化解掉，而且化解得既自然又不会让人难以接受，哪怕会比较痛苦。不是因为他厌世，觉得失望了，所以才做得这么成功，而是因为在应该让步的地方，他的选择非常明智。剧中的人物在各种折磨中经受着煎熬，竭尽全力想从命运的枷锁中逃脱出来，在财富的牵引下（比别人厉害，才能成为财富的占有者），他们开始思考这个世界、研究这个世界，而且也没有放松对自己的反省，他们就这样严肃地看待这个世界，这个世界也更加清楚地呈现在他们眼前。最后他们得到了更加辽阔的精神世界这一最有意义的东西，而不是什么所谓的自我和热情。而自我和财富的支柱、意义的赋予都是依托这种精神世界，无疑，这种精神世界是令人敬仰的。贝纳文特并不是因为遵从上天的旨意才这样做，他只是把因果自然而然地接受过来。时间有限，我就重点说一下他的三部剧本吧，这三部剧本既独树一帜又简洁优雅，分别是《征服灵魂》（1902）、《自尊》（1915）、《白色盾章》（1916），当然，其他很多剧本的价值也同样斐然。所有剧本也都有"人道主义"这一个共同特点，对于一个批判性的讽刺作家来说，这确实很不容易。他一直以来的行文都非常简明，语气平稳，表达客观、冷静，作品布局优雅，表现出强烈的感受力和观察力。

　　可是，在不同民族的人眼里，即便再优秀的作品也会有不一样的感受。日耳曼族和拉丁民族具有截然不同的气质，日耳曼族人对于婉转的抒情作品更钟情，可是拉丁族人对痛快淋漓表达的作品更加爱好。日耳曼族人觉得拉丁族的作品缺乏内部能量。当然，我们自己的艺术在南部人眼里也是一样的。因此，在看待地域文化差异时，我们应该秉承着客观、理性的态度，以一种欣赏的眼光去接纳它。

贝纳文特作为一名西班牙人，抛开了对社会和个人的喜剧描写，而把重点放在了深层次的东西上，企图剖析我们这个时代所存在的冲突和理想。因为文化上的差异，我们可能会和他的同胞有所不同，不会对他有更深层次的认知，进而对他投以更欣赏的目光。他1915年创作的《星带》和其他一些作品就是如此。

　　我没有提到贝纳文特作品的艺术局限性，只是提到了他的写作技巧，还有在他的国家和他所处的年代中，这种技巧有什么样的好处。要说哪个剧作家最真实地把社会方方面面的生活都表现出来了，非他莫属。他的作品尽管内容不是太丰富，可是意义深刻，我相信，这样的作品一定可以万古流芳。一直以来，西班牙的作品都以敢爱敢恨、真实、富有生命力著称，往往通过喜剧的形式把社会反映出来，措辞机敏，在带给读者愉悦的阅读体验的同时，也让读者领悟到深远的现实意义。在西班牙传统作品中，贝纳文特的作品是最具有代表性的，它的作品布局别具一格，不仅是现代喜剧的代表，也很好地继承了古典西班牙文学的传统。

　　按：贝纳文特因病未出席颁奖典礼，故获奖致辞从缺。

目 录

不吉利的姑娘

剧中人物

雷蒙达

加斯帕拉

阿卡西娅

埃斯特万

胡莉亚娜

诺尔维尔托

唐娜伊莎贝尔

福斯蒂诺

米拉格罗丝

尤西比奥

菲德拉

贝尔纳维

恩格拉西娅

鲁维奥

男女村民多人

这个故事发生在西班牙卡斯蒂利亚的一个村庄。

第一幕

景：一个经济状况比较好的农民家庭的客厅。

第一场

人物：雷蒙达、阿卡西娅、唐娜伊莎贝尔、米拉格罗丝、菲德拉、恩格拉西娅、加斯帕拉和贝尔纳维

（拉开幕布时，女人中坐着的只有唐娜伊莎贝尔，其他女人都在向四五个中青年妇女辞行）

加斯帕拉　你们过一会儿再走吧，恭喜你啊，雷蒙达。

贝尔纳维　祝贺，唐娜伊莎贝尔……祝贺祝贺，阿卡西娅，但愿你和你的父亲都能心想事成。

雷蒙达　谢谢你们，还不一定呢。阿卡西娅，赶紧送送去。

众人　再见，再见。（混乱不堪。加斯帕拉、贝尔纳维、阿卡西娅

4

（和村妇一起出去了）

唐娜伊莎贝尔 贝尔纳维可真是个大美人。

恩格拉西娅 真是太不可思议了，去年和今日可完全不同啊！

唐娜伊莎贝尔 听说她就要成亲了。

菲德拉 如果一切顺利的话，应该是在圣罗克节那天。

唐娜伊莎贝尔 我总是最后一个才知道村里的事。我整天都被一些小事所困——我的那个家真是太乱了……恩格拉西娅，你的丈夫比之前好点儿了吗？

恩格拉西娅 不好，真是让人烦不胜烦。我们几乎整日大门不出，二门不迈，就连周末的弥撒我们去的机会都少之又少。我苦点儿、累点儿倒无所谓，可是我的女儿不行啊。

菲德拉 行了！行了！你们还在迟疑什么呀？你们没发现今年结婚可真不错。

唐娜伊莎贝尔 没错，这个姑娘我也很喜欢。可是优秀的男人我要去哪儿找呢？

菲德拉 我可以肯定地说她不会当修女，早晚会嫁人。

唐娜伊莎贝尔 雷蒙达，你一点儿都不在乎这门亲事吗？看你兴致不高啊！

雷蒙达 联姻嘛，总让人心里七上八下的。

恩格拉西娅 女儿嘛，我不知道这样说对不对，假如你拗着她的心意，她一定会横挑鼻子竖挑眼的。

菲德拉 他们不会饿着的。这已经相当了不起啦。这事可非同小可。

雷蒙达 米拉格罗丝，你赶紧去找阿卡西娅和小伙伴们啊，别傻站那儿了，看着都难受！

唐娜伊莎贝尔　看看，我这闺女就这秉性。

米拉格罗丝　好吧，我先走了。（退出）

雷蒙达　吃点儿点心，喝杯酒再走吧？

唐娜伊莎贝尔　您的好意我心领了，不过我一点儿都不饿。

雷蒙达　你们吃呀，这无所谓的呀！

唐娜伊莎贝尔　今天这个日子这么特殊，人家来向阿卡西娅求婚，她怎么一点儿都不高兴呢？

雷蒙达　这个死丫头就是这样。平常总是一声不吭，但凡开口，你就想让她闭嘴，她总会做一些让人大跌眼镜的事。我对她很是无语。

恩格拉西娅　还不是太娇惯了，这不都是因为你的三个儿子没有了，就剩下这么一个女儿，你想想，即便她再异想天开，她爸爸也会想方设法满足她。你疼女儿不也是这样？她的爸爸不在了以后，孩子跟你就特别亲，因此，你再婚是她非常不愿意看到的。我看她呀，就是善妒。

雷蒙达　我有什么办法呢？我也不想再婚，可是我的几个兄弟都太坏了。假如这个家没有一个男人，我们母女俩早晚会饿死的，这是谁都明白的。

唐娜伊莎贝尔　这一点倒是说得没错。一个寡妇很难独自撑下去，更何况，你丈夫去世时你的年龄也还不大。

雷蒙达　可是，我根本不知道这丫头会对谁起忌妒之心。哪怕我是她的妈妈，是这个世界上最爱她的人。她一点儿都不像她的养父。

唐娜伊莎贝尔　没错，你们也没有再给她生个弟弟或妹妹。

雷蒙达　他不管去哪儿都会把她放在心上，对她比对我好多了，可是我无所谓。不管怎样，她是我的女儿，既然别人都对她那么好，我对她就要更好了。也许说出来你们会觉得惊讶，从小到大，我基本上没怎么打过她，可是，因为她从来不亲他这件事，我却动了几次手。

菲德拉 无论大家怎么说，可是我一直觉得你女儿的意中人是她表哥。

雷蒙达 你是说诺尔维尔托吗？可是他突然就变了，说不爱她了，和她分手了。问题是，他们之间到底发生了什么事，至今没有人知道。

菲德拉 我也这样觉得，这中间肯定发生了什么，只是我们都不知道而已。

恩格拉西娅 她也许已经忘了她表哥了，可是人家却一直没有忘记她呀。否则的话，为什么一听到将来的新郎和他父亲来向你女儿求婚，他一大早就满脸愁容地跑去贝罗卡莱斯了。

雷蒙达 埃斯特万和我在她面前，从来没有提到过这件事。是她决定放弃诺尔维尔托的。就在他们快要订婚时，她却突然又和一直仰慕她的福斯蒂诺在一起了。不管是在政治上，还是在选举上，福斯蒂诺的父亲和埃斯特万一直保持着紧密的关系，二人都相互给予对方帮助。每次我们在圣母节或其他之后的一些日子都会互相走动，这个年轻人福斯蒂诺每次见到我的女儿，都是茫然无措的样子。可是，他知道阿卡西娅和她表哥在一起，所以从来没有明确说过什么……直到阿卡西娅突然和她表哥分手了，他都没有向她表达过他的心迹。直到后来，他确定阿卡西娅和她表哥没有瓜葛了，他的父亲才找了埃斯特万，埃斯特万又来告诉我，我去征求我女儿的意见，她同意了。这样她才准备和他成亲的，假如她依然有什么不满，那我也无可奈何了，我们样样都依着她，她再不满意就说不过去了。

唐娜伊莎贝尔 一定会很满意的。这个小伙子长得很帅，性格肯定也很好，还有什么可挑剔的呢！

恩格拉西娅　的确。尽管他不是本村的，可是这里的人都视他为本村人。大家都住在一起，他们家又这么有名望，没有人会觉得他们是外人。

菲德拉　如果尤西比奥大叔同意，相比恩希纳尔的土地，这边的土地还要多一些。

恩格拉西娅　是的。你简单计算一下，他拥有马诺利托大叔的所有土地，更何况两年前他还买了一些。

唐娜伊莎贝尔　那这一带最具有实力的就是他们家了。

菲德拉　确实是这样。尽管他们有四个兄弟，可是每个人所拥有的财产也不少。

恩格拉西娅　女方的家庭实力也很雄厚。

雷蒙达　可是她是她，她想带走什么东西是不可能的。在她爸爸留下的那点儿产业上，埃斯特万可没少费工夫，对于那份产业，她亲爸爸还活着时都没有那么尽心尽力。（晚祷的钟声响起）

唐娜伊莎贝尔　我们做祷告吧。（几个人一起开始默默祷告）雷蒙达，我们得回家了，我得赶回去给特莱斯福罗做晚餐。唉，他什么胃口都没有，这可怎么办呢？

恩格拉西娅　如此说来，我们也不得不走了，你觉得呢？

菲德拉　是得走了！

雷蒙达　你们假如没什么事的话，就留下来一起吃晚餐吧……可是唐娜伊莎贝尔呢，我就不留了，她得回去照顾她生病的丈夫。

唐娜伊莎贝尔　多谢理解，如果真的留下来的话，还不知道家里会成什么样。

雷蒙达　可是未来的新郎官可以留下来共进晚餐吧？

唐娜伊莎贝尔 不留了，夫人，趁天还没黑，他们父子俩还要回恩希纳尔呢。等天黑了路上就什么也看不见了，这几天月光也没有……我太愧疚了，耽误了他们这么长时间。这天儿已经短了不少，你看这马上就要黑了。

恩格拉西娅 他们来了。我们也不得不走了！

雷蒙达 那好吧。

第二场

（阿卡西娅、米拉格罗丝、埃斯特万、尤西比奥、福斯蒂诺、唐娜伊莎贝尔、雷蒙达、恩格拉西娅、菲德拉、胡莉亚娜、加斯帕拉）

埃斯特万 雷蒙达，尤西比奥大叔和福斯蒂诺要走了。

尤西比奥 趁天还没有黑，我们得赶紧回家。这几天一直下雨，路上肯定坑坑洼洼的。

埃斯特万 他们家里真是乱成一锅粥了。

唐娜伊莎贝尔 将来的新郎官有什么看法？我们有将近五年没见了，他肯定早已把我给忘了。

尤西比奥 你认识唐娜伊莎贝尔吗？

福斯蒂诺 先生，我认识她。我很愿意为您做点儿什么，我还以为您把我给忘了呢。

唐娜伊莎贝尔 时间过得可真快，这都五年了，那会儿，我丈夫是村长。在那年的圣罗克节上，我可是被吓坏了，你当时和一头公牛狭路相逢，我们都以为你只有死路一条了。

恩格拉西娅 欧多克西娅的丈夫胡利安也是在那一年受伤的，

还伤得不轻。

福斯蒂诺 是这样的，太太，我也记得。

尤西比奥 而且回家以后喝得醉醺醺的，该喝……

福斯蒂诺 还是年轻啊！

唐娜伊莎贝尔 我觉得我不需要再说什么了，你的对象可是我们村最出色的人啊。当然，我挑的小伙子也是相当不错的。我们走啦，你们忙你们的去吧。

埃斯特万 都忙完了。

唐娜伊莎贝尔 米拉格罗丝，我们走吧……

埃斯特万 我让她和我们一起吃晚饭呢，她不敢告诉您。别让她走了，唐娜伊莎贝尔。

雷蒙达 无论如何得让她留下来，吃过饭以后，让贝尔纳维和胡莉亚娜送她回去。假如她愿意，埃斯特万也会送她一程。

唐娜伊沙贝尔 那多不好意思啊，我们晚点儿派人过来接她。既然阿卡西娅都这么说了，我们就恭敬不如从命了。

雷蒙达 就是，他俩还有不少话要说呢。

唐娜伊莎贝尔 祝你们天天开心，尤西比奥大叔、埃斯特万。

尤西比奥 路上小心，唐娜伊莎贝尔，代我问候您的丈夫。

唐娜伊莎贝尔 谢谢，我会把您的问候转达给他的。

恩格拉西娅 上帝保佑您，一路走好。

菲德拉 但愿一切都好。（所有女人都退了出去）

尤西比奥 唐娜伊莎贝尔真是年轻貌美！她和我年纪相仿呢。那句俗话还真是说得没错：年轻美貌，永葆青春。唐娜伊莎贝尔当年也是一枝花呢。

埃斯特万 尤西比奥大叔，休息一会儿吧。急什么呢？

尤西比奥 多谢了，我们得抓紧时间赶路了，天已经黑了。您就留在这儿吧，下人们会等着我们的。

埃斯特万 我只把你们送到河边！只当是活动活动身体了。(雷蒙达、阿卡西娅和米拉格罗丝上)

尤西比奥 你们要是有话还没有说完，就赶紧说吧。

阿卡西娅 我们已经说完了。

尤西比奥 还不承认！

雷蒙达 好了，尤西比奥大叔，你就不要戏谑这姑娘了。

阿卡西娅 太感谢了。

尤西比奥 瞧这姑娘说什么呀，感谢什么呀！

阿卡西娅 我只是对那些首饰很感兴趣。

尤西比奥 我都没好好挑。

雷蒙达 这样的首饰戴在乡下女人身上不太合宜。

尤西比奥 没什么不合宜的，这只是我的一点儿心意而已。我觉得就算把托莱多城的圣体盒里的所有珠宝都送给她也没有什么。赶紧跟你的丈母娘道别吧。

雷蒙达 过来啊，孩子，你把我最宝贝的女儿带走了，我该怎么办呢，只有一心一意地对你。我可只有这一根独苗啊！

埃斯特万 好吧，行了吧。你看看这孩子，哭得这么伤心！

米拉格罗丝 你看你！阿卡西娅。(也跟着哭起来)

埃斯特万 看看，看看，又有一个哭了！

尤西比奥 别哭了，结婚是件高兴的事，等过些日子，我们再见吧。

雷蒙达 路上小心点啊，尤西比奥大叔。跟胡莉亚娜说，我不会埋怨她没有出席今天这个高兴的日子的。

尤西比奥　你也清楚，她眼睛有问题。原本应该准备一辆车的，结果，贝罗卡莱斯的那个坡太陡了，牲口上不来。

雷蒙达　把我们的问候转达给她，希望她尽早恢复健康。

尤西比奥　我代她向您表示感谢。

雷蒙达　走吧，走吧，已经太晚了。（对着埃斯特万）需要很长时间吗？

尤西比奥　不用送了……

埃斯特万　没事的！我就把他们送到河边，你们先吃吧，不要等我。

雷蒙达　当然要等。今天是个高兴的日子，我们必须要一块儿吃饭。晚一点儿没事，我想米拉格罗丝也会同意的。

米拉格罗丝　是的，太太，没关系的。

尤西比奥　就送到这儿吧！

雷蒙达　我们送到门口就回来。

福斯蒂诺　对了，我还要跟阿卡西娅说一句话。

尤西比奥　你看，你们都说了一天啦，还没有说完！

福斯蒂诺　是这样的。有时候是给忘了，有时候是太吵了。

尤西比奥　赶紧说吧。

福斯蒂诺　其实也没有什么，就是早上从家里走时，我妈妈给了我一条披肩，说要我送给阿卡西娅当作礼物，是我们村的修女做的。

阿卡西娅　好美啊！

米拉格罗丝　是箔绣啊！上面还有加尔默罗圣母像呢！

雷蒙达　这丫头哪有那么虔诚！代我向你妈妈表示感谢。

福斯蒂诺　这条披肩是得到了神父的祝福的。

尤西比奥　就这样吧，你也办完你的事情了。还真是差点儿又原封不动地带回去了，要真是那样的话，指不定你的妈妈要怎么说你呢。你也太笨了，这到底像谁呢？

（所有人都退了出去。有一段时间，舞台上一个人都没有，越来越暗。雷蒙达、阿卡西娅和米拉格罗丝又重新回到了舞台上）

雷蒙达　这都延误了好长时间了，路都看不见了……丫头，今天高兴吗？

阿卡西娅　您不是一直在旁边看着吗？

雷蒙达　你这么说还真是在我的意料之中。看到了，可谁知道你心里怎么想？

阿卡西娅　我只是觉得很累。

雷蒙达　也是，从早上五点到现在，一直都忙个不停，没有一刻是闲着的。

米拉格罗丝　所有人都来向你送祝福。

雷蒙达　是啊，几乎全村的人都到齐了，第一批是神父先生。我叮嘱他做个弥撒，分上十个面包给穷人。我们要让所有人都分享我们的喜悦。感谢上帝，我们什么都有。蜡烛在那里吗？

阿卡西娅　妈妈，在这里。

雷蒙达　点上吧，太黑了，太难受了。（高声叫道）胡莉亚娜！胡莉亚娜！去哪儿了？

胡莉亚娜　（从后台，好像在院子里）怎么了？

雷蒙达　把笤帚和簸箕拿过来。

胡莉亚娜　（从后台，好像在院子里）好的，来了。

雷蒙达　大概不会来人了，我得去换条裙子。

阿卡西娅　我是不是也应该换衣服？

雷蒙达 你不需要，你不用操任何心，快乐生活就好……

（胡莉亚娜上台）

胡莉亚娜 是需要我打扫这里吗？

雷蒙达 不用了，放到那里就可以了。把那里的东西清扫干净，该洗的都洗洗，然后收拾好就行了。注意那些玻璃杯子，很容易破的。

胡莉亚娜 我吃块点心可以吗？

雷蒙达 吃吧，吃吧，就知道你贪吃。

胡莉亚娜 才不是呢，我妈妈的这个女儿都还没有吃过什么好东西呢。今天可真是把我忙死了，又是送酒，又是送饼，又来了这么多的人。今天我可算是知道在这个村里，这个家有多么重要了，尤西比奥大叔可是个了不得的人物。我都可以想象到办事儿那天得有多热闹。谁会送来一盎司金，谁会送你绣花丝床罩，这些我都知道。床罩上绣着那么美丽的花儿，那么逼真，让人都有想摘的冲动。那一天绝对会非常热闹。多谢上帝！我可是第一个见证悲喜交加的人。我不敢说我和你妈妈很像，任何人都不能和母亲相提并论，可是除了你妈妈外。对于我来说，这个家的意义太不一样了，我的脑海中只要出现我那已经不在世的女儿，我的宝贝女儿啊！就如同你现在这样。

雷蒙达 行啦，胡莉亚娜，不要再在我身边啰唆了，赶紧收拾东西去。我们现在已经烦不胜烦了。

胡莉亚娜 我不是有意要烦你的，我这两天脑子里乱糟糟的，也不知道怎么了。难道是乐极生悲吗？你不要说我，我压根儿不想说到她那已经去世的父亲，上帝保佑！如果他能活到现在，那就太好了。这个女儿可是他的掌上明珠啊！

雷蒙达 你可以闭嘴吗？

胡莉亚娜　不要对我这么凶，雷蒙达！你不要觉得在这个家里，我就像一条狗一样。我一直忠心耿耿地对这个家，对你和你女儿，这一点你心里再清楚不过了。没错，于理，靠你家养活。于情……（退下）

雷蒙达　这个胡莉亚娜啊！她说得也没错，她的确忠心耿耿地对这个家，就像一条忠诚的狗一样。（开始扫地）

阿卡西娅　妈妈……

雷蒙达　怎么了，孩子？

阿卡西娅　能不能把这只柜子上的钥匙给我？我想拿点儿东西给米拉格罗丝看。

雷蒙达　给你。你们先在那里待着，我去看看饭有没有做好。（退下）

（阿卡西娅和米拉格罗丝坐下来，把柜子下面的抽屉打开）

阿卡西娅　看这个，这个是他送的耳坠，我说的是埃斯特万。要是我妈在，我可不敢说，她总是想要我认他这个爸爸。

米拉格罗丝　他很爱你啊。

阿卡西娅　是的，可是每个人都只能有一个爸爸妈妈。看这些头巾，也是他送的，上面还有修女们绣的字。还有这些明信片，是不是很好看？

米拉格罗丝　这几个女人可真美！

阿卡西娅　她们是马德里和法国巴黎的演员。看她们，好可爱啊！当时这个盒子里面装的是糖，也是他送的。

米拉格罗丝　那你还说……

阿卡西娅　我没说什么。我知道他爱我，可是我只想和妈妈生活在一起。

米拉格罗丝　因此你妈妈有些埋怨你。

阿卡西娅　我怎么知道呢！她过于崇拜他了。我不知道，如果在我和那人之间，她必须二选一的话……

米拉格罗丝　你在说什么呀！你看你现在都要嫁给别人了，如果你妈一直一个人的话，把她一个人丢下你不难过吗？

阿卡西娅　假如只有我和妈妈生活在一起，你觉得我还会和别人结婚吗？

米拉格罗丝　好了啦！你不会和别人结婚？依然和现在一样。

阿卡西娅　不可能。最自由的地方莫过于我和妈妈所住的这所房子。

米拉格罗丝　你错了。大家都说，你继父对你、对你妈妈都不错。村里人既然都这么说，肯定是有真凭实据的。

阿卡西娅　他是很好，这点我不否认。可是，如果我妈妈不重新嫁人，我也绝对不会嫁。

米拉格罗丝　你猜猜我在想什么？

阿卡西娅　什么？

米拉格罗丝　传言都说你爱的是诺尔维尔托，而不是福斯蒂诺。也许是真的。

阿卡西娅　没有。我不爱他了！特别是他那样对我以后。

米拉格罗丝　可人们都说先提分手的是你。

阿卡西娅　是我！如果不是他让我变成这样……反正这件事我是不想再提了。可是，对于事情真相，人们压根儿不知情，相比以前我对他的感情，现在福斯蒂诺更得我心。

米拉格罗丝　应该这样。否则你的婚姻就不应该继续下去。今天一大早，诺尔维尔托就走了，你知道吗？他今天一定不想在村里待着。

阿卡西娅　今天对他来说，有什么和过去不一样呢？看，这是他给我写的最后一封信，之后我们就分手了，我已经不想再和他见面了。真是的，我为什么还要把信留着，我现在就撕了它。（把信件撕烂）哼！

米拉格罗丝 你好生气啊！

阿卡西娅 就只是因为那上面的话，我也要烧了那封信……

米拉格罗丝 小心可不要酿成火灾！

阿卡西娅 （把窗户打开）扔到街上，任由风吹。完了，彻底完了！……外面黑漆漆的！

米拉格罗丝 （也走到窗口）太恐怖了，月亮、星星都没有……

阿卡西娅 你有听到什么吗？

米拉格罗丝 像是关门声。

阿卡西娅 好像是枪声。

米拉格罗丝 什么呀！怎么可能有人在这个时候打枪？肯定是哪里起火了，可是没有火光啊。

阿卡西娅 太吓人了，你不相信？

米拉格罗丝 为什么要这样呢？

阿卡西娅 （马上跑向门边）妈妈，妈妈！

雷蒙达 （在外面）发生什么事了？

阿卡西娅 您刚刚没有听见什么吗？

雷蒙达 （在外面）听到了，我已经让胡莉亚娜去看看了，不要担心。

阿卡西娅 哎呀，我的妈妈！

雷蒙达 别害怕！孩子，我来了！

阿卡西娅 刚刚好像是枪声，是枪声。

米拉格罗丝 即便是打枪，也没事。

阿卡西娅　上帝保佑！（雷蒙达上场）

雷蒙达　是不是吓坏了？没事的。

阿卡西娅　妈妈，您看上去也很慌张啊……

雷蒙达　看到你……忽然有那么一刹那，你爸爸正好在外面，我的确是被吓到了……可是没什么好担心的。放心吧……安静一会儿！听，似乎外面有人在讲话！哎哟，圣母啊！

阿卡西娅　啊呀，妈妈！

米拉格罗丝　他们在说什么？

雷蒙达　你好好在这儿待着，我过去看看。

阿卡西娅　妈妈，您不要去。

雷蒙达　谁知道发生什么事了，我总觉得……我亲爱的埃斯特万啊，你可一定要好好的呀！（退下）

米拉格罗丝　下面好多人啊……可是，他们在说什么，我们听不见啊。

阿卡西娅　发生大事了，发生大事了。上帝啊，我在想什么呀！

米拉格罗丝　我也想多了，可是我不想告诉你。

阿卡西娅　会有什么事发生啊？

米拉格罗丝　我不想说。

雷蒙达　（在外面）圣母加尔默罗！太可怜了！要是知道自己的儿子死于非命，那可怜的母亲也活不了了呀！唉，真是太难以想象了！太可怜了，大家都跟着一起遭受不幸吧！

阿卡西娅　知道发生什么事了吗？……妈妈，她……妈……妈！

雷蒙达　孩子，你好好待在这儿，不要出来啊！（雷蒙达、菲德拉、恩格拉西娅和几个村妇一拥而上）

阿卡西娅　究竟发生什么事了？发生什么事了？有人死了，是吧？一定是有人死了。

雷蒙达 我的宝贝女儿！福斯蒂诺，是福斯蒂诺啊！……

阿卡西娅 什么？您在说什么？

雷蒙达 福斯蒂诺被人用枪打死了。

阿卡西娅 是谁干的，妈妈？谁这么无情？

雷蒙达 不清楚……没有目击证人……可是，大家都说是诺尔维尔托。这下好了，大家都跟着一起遭受不幸吧！

恩格拉西娅 肯定是他。

众女人 一定是诺尔维尔托！……诺尔维尔托！

菲德拉 法院的人来了！

恩格拉西娅 会把他抓起来的。

雷蒙达 阿卡西娅，你爸爸来了。（埃斯特万上）亲爱的埃斯特万，到底发生什么事了？你知道吗？

埃斯特万 我怎么知道？我和你们一样一无所知……你们哪儿也不要去，就在家里待着，不要关心村里的事。

雷蒙达 他父亲怎么受得了啊！还有那母亲，好好的儿子一下变成了死人，还死于枪口之下，她可怎么活啊！

恩格拉西娅 即便把那个家伙吊死，也不解气啊。

菲德拉 应该在这里处决他。

雷蒙达 多可怜的孩子啊，我想再看一眼，埃斯特万，先让他留下来……还有阿卡西娅，他们差一点儿就成亲了。

埃斯特万 别急，会让你看的。今晚你们都待在这里，不要离开。现在事情是法院在处理，即便是医生、神父也插不上手。可是我必须过去，去做证人。（埃斯特万下）

雷蒙达 你爸爸说得没错，还有什么是我们可以做的呢？除了替他的灵魂祷告……还有那位令人同情的母亲，我无论如何也忘不了她呀……孩子，你不要这样，你这样我更放心不下啊，你还不如哭出来呢。唉！谁能想到会发生这么凄惨的事呢？

恩格拉西娅　听说他的心脏都碎了。

菲德拉　一骨碌儿就从马背上滚了下去。

雷蒙达　这个村子真是造孽啊，怎么会有这么残暴的人！更造孽的是，竟然还是我们的亲人！

加斯帕拉　究竟是谁还不一定呢？

雷蒙达　不显而易见吗，还会有谁？没人会提出异议……

恩格拉西娅　大家都把矛头指向了诺尔维尔托。

菲德拉　一定是他，诺尔维尔托。

雷蒙达　米拉格罗丝，点亮圣母像前的灯吧，我们给他念一段玫瑰经，我们现在也只能给他的灵魂做祷告了。

加斯帕拉　愿上帝宽恕他！

恩格拉西娅　遗憾的是，他还没来得及忏悔就死了。

菲德拉　他的灵魂会遭罪的。上帝原谅我们吧！

雷蒙达　（对米拉格罗丝）你带着我们开始吧，我实在是太累了，没有力气再做祷告了。那位可怜的母亲，可怜的母亲！（众人开始做祷告）

[幕落]

第二幕

景：一个农户家的门厅。舞台最里面是一扇大门，和田野相对，门左右两边各有一个窗口，上面还有铁栅栏。舞台左边有一扇门，右边也有一扇门。

第一场

（雷蒙达、阿卡西娅、胡莉亚娜和埃斯特万。埃斯特万和雷蒙达正坐在桌边进餐，雷蒙达还在给埃斯特万夹菜。胡莉亚娜来回忙活着端菜。阿卡西娅在窗边的一个小凳子上坐着，正做着针线活儿，一个装着白色衣服的针线筐在她的脚边放着）

雷蒙达 没有胃口？

埃斯特万 没有，夫人。

雷蒙达 你什么都没吃。需要做点儿其他的吗？

埃斯特万 没事的，我吃饱了。

雷蒙达 不要压抑自己，说出来就好了！（高声叫道）胡莉亚娜，拿点儿水果过来。你肯定有什么难受的事情压在心里。

埃斯特万 没有什么！

雷蒙达 我太了解你了。我说你不应该到村里去的。一定是听到人家议论了。原本早上我们就商量好了，就是为了暂时离开村子，我们才到索托来的，可是今天早上，你又一个人悄无声息地去了村里。为什么一定要去呢？

埃斯特万 我想……我想和诺尔维尔托父子认真谈一次。

雷蒙达 可以啊，找个人通知他们过来不就行了。你可以在这儿等他们过来，以免听到一些难听的话。我知道村里肯定议论开了。

胡莉亚娜 可是我们在这里躲着也不行啊。索托原本就是这个地方的中心，大家只要经过这里，就会坐下来聊一会儿。

埃斯特万 那你的意思是，你也会和别人说闲话？

胡莉亚娜 那你可冤枉我了，我可是谁都不理的，今天早上我还把贝尔纳维骂了一通呢，怪她和几个来自恩希纳尔的人说了一些闲话。无论谁想从我这里打听到什么，我的原则都是：对方越是问，我就越是不说；如果对方什么都不问，我可能还会说上几句。这是我妈妈告诉我的，我觉得很有用。

雷蒙达 可以啦，先这样吧，你可以进去了。（胡莉亚娜下）村子里的人是怎么议论的？

埃斯特万 说是……尤西比奥大叔和他的儿子下定决心要把诺尔维尔托杀掉。他们要求法院一定要对他严惩，他们父子保不齐哪一天就会跑到我们村来，搅得我们不得安宁。现在村里人的观点分成两派：有人支持尤西比奥大叔，声称诺尔维尔托一定是杀人凶手；

还有一些人觉得诺尔维尔托不是杀人凶手，法院能把他放出来，就证明他是清白的。

雷蒙达 我想也是如此。说他是杀人凶手，有人能拿出证据吗？福斯蒂诺的父亲也好，他们的仆人也好，包括你在内都拿不出来，当时你们可都在现场。

埃斯特万 是的，我和尤西比奥大叔当时正开心地点烟呢。我想在他面前显摆一下我的打火机，可是一直打不着火。这时尤西比奥大叔笑着把火石和火绒拿出来说："行了吧，你用你的打火机点，好好显摆你那华而不实的东西吧，我还是用我自己的，可以尽情……"我俩还开心地交谈着，就在这时，事情发生了，枪响以后我们赶过去时，凶手早就跑得看不见了。孩子死了，当时我们想，要是凶手也把我们当作目标，那么我们也会莫名其妙地死去，我们越发觉得毛骨悚然了。（阿卡西娅忽然站起身来要走）

雷蒙达 孩子，你要去哪儿？看你一脸茫然的样子，好可怕！

阿卡西娅 你们老说这个有意思吗？你们都在消费这件事！你们有没有算过，你们已经讲了多少遍了，我不要再听下去了。

埃斯特万 说的也是……我原本不想再说了，可是你妈妈总是问。

阿卡西娅 我也不知道我梦见过多少次了……换作以前，哪怕晚上我一个人待着，我也不怕，可是现在，即便是白天，我都觉得害怕……

雷蒙达 不仅仅是你，我也一样，我白天也害怕，晚上也害怕，连休息都成了问题。我胆子其实还蛮大的，哪怕天黑漆漆的，半夜去坟地我都不会发怵。可是现在不管什么时候，我都是提心吊胆的，不管有没有声音我都怕……而且事情又有了变化：原本大家都一致觉得凶手是诺尔维尔托。因为他是我们的亲戚，所以我们也只能跟着遭受不幸，被人唾弃，也就是说，既然已经没有办法了，那就……该怎么说呢，我已经认了……总的来说，他既然这么做了，一定是有原因的。可是现在……凶手又可能不是诺尔维尔托，我们也就不清楚谁那么恨那个孩子，非要杀了他。我都没办法安静下来。除了诺尔维尔托，还会有谁呢？可能是他在外面有什么仇人呢，可能是他父亲的仇人，我也不知道……可能是针对你的，因为天太黑了弄错了对象也是有可能的。假如真是如此，一次没有成功，就还会有第二次、第三次，所以我现在天天都害怕得要命，只要你去那边，我就心神不宁。像今天，好久不见你回来，我都几乎要跑到村里去了。

阿卡西娅　你还真的跑出去了。

雷蒙达　对呀。可是我刚走到坡前面，就看到你了，后面还有鲁维奥，怕你埋怨我，我就一溜烟跑回来了。我真想时时刻刻陪在你身边，要不然我的心就难以平静下来，可是我知道你会反对，这种生活太难过了。

埃斯特万　我一向对别人都很好，所以我不用担心会有人对我不利。不管走到哪儿，我都不怕；白天也好，晚上也罢，我都不怕。

雷蒙达　如果是以前，我的想法跟你一样，谁也不会和我们有什么仇，我们给那么多人伸过援手。可是，只要有一个人心术不正，我们就要遭殃了。有人要害我们，我们要怎样才能发现呢？这种事一旦开了先例，就会有第二次。因为没有证据抓捕诺尔维尔托，所以法院把他放了……我不应该高兴吗？我当然应该高兴，因为他是我外甥，是我最爱的姐姐的孩子……而且诺尔维尔托不可能是那么残暴的人，会去杀人……而且还是暗杀！打死我都不愿意相信。可是，事情到这里就结束了吗？法院现在在做什么呢？为什么不去对这件事情进行调查？为什么没有人出来说句话？一定有目击者，一定有人看到凶手了，谁会出现在那条路上……假如这不是一桩杀人案，每个人都会有一套自己的说辞，让人一目了然。可是到了最重要的时刻，所有人的眼睛却都瞎了……

埃斯特万　好啦！这很奇怪吗？又不是龌龊的事，为什么要藏着掖着，只有心里有鬼的人才会躲着。

雷蒙达　那你觉得谁会是凶手呢？

埃斯特万　我？说实话，我和大部分人的意见一样，也觉得诺尔维尔托是凶手。假如他是无辜的，我还真不知道是谁了。

雷蒙达　我跟你实话实说吧，你要是知道了我的想法，一定会斥责我的。

埃斯特万　你说吧……

雷蒙达　我想找诺尔维尔托谈一次，他已经在路上了，我让贝尔纳维去通知他的。

阿卡西娅　您要找诺尔维尔托谈吗？从他那里，您可以知道什么呢？

埃斯特万　是啊，你觉得他会告诉你什么呢？

雷蒙达　我不清楚，我只知道他会跟我说实话。我就请求他，要他看在我姐姐的分上，跟我说实话。哪怕人是他杀的，我也不会怪罪于他，还会替他保密。我已经过够了这种提心吊胆的日子。

埃斯特万　如果诺尔维尔托真的是杀人凶手，你觉得他会向你坦白吗？

雷蒙达　只要他跟我说说话，我就已经很知足了。

埃斯特万　你自己看吧，可是，如果让别人知道了这件事，会有更多流言蜚语的。更何况，今天尤西比奥大叔也要来，假如他俩遇到了……

雷蒙达 不会的，他们方向不一样，走的路也不一样，到了我们这里，多加留意就好了，更何况这里有这么多房间。（胡莉亚娜上）

胡莉亚娜 老爷……

埃斯特万 什么事？

胡莉亚娜 尤西比奥大叔快来了，我来跟您说一声，以免您不想和他见面。

埃斯特万 我不想见？为什么这么说？他早就应该到了。小心一点儿，不要让那个人……

雷蒙达 他在担心……

埃斯特万 谁说我不想和尤西比奥大叔相见？

胡莉亚娜 这全怪鲁维奥，和我无关。他说您不想和尤西比奥大叔见面，因为您在法官面前和尤西比奥大叔唱反调，使尤西比奥大叔非常气愤。他们之所以把诺尔维尔托放了，就是因为这个。

埃斯特万 我要去找鲁维奥，让他好好跟我说说是谁让他乱说的。

胡莉亚娜 对了，您还要跟他说件事，他一直对我们指手画脚的。今天就是这样，假如错在我，我请求上帝的宽恕，可是，我觉得他是喝多了。

雷蒙达 这不行，我非去找他不可。

埃斯特万 你不要烦恼这件事了，我一定会去找他的。

雷蒙达 乱成一锅粥了。很显然，都觉得我一点儿用都没有……稍有懈怠……所有人都会到一边偷懒！

胡莉亚娜 雷蒙达，你不能一竿子打翻一船人，我就没有。

雷蒙达 我说的就是想得多的那个人。吃了大蒜的人自然会觉得嘴里辣。

胡莉亚娜 上帝啊，这个家到底出什么事了？好像被刺扎到了一样，一个个都不是原来的样子了，谁看谁都不顺眼，却全都冲我撒气……上帝保佑，希望我还能容忍。

雷蒙达 希望你们这么对我，我还可以忍受。

胡莉亚娜 我也不例外，对吧？我反倒成了罪人了。

雷蒙达 你太不懂得见机行事了，我都跟你使眼色了，你却当没看见，我还得浪费口舌说你。

胡莉亚娜 行，我就什么都不说了，立刻离开。上帝保佑我，上帝啊！您可以不用说了。（退下）

埃斯特万 尤西比奥大叔来了。

阿卡西娅 我走了，以免尤西比奥大叔看到我伤心……他已经有点儿恍惚了，总觉得为他儿子伤心的只有他自己，难免会说出让人伤心的话。

雷蒙达 我不能说我的难过一点儿都不亚于他，可是，我也流了不少眼泪，一定不会少于福斯蒂诺的母亲。不要对尤西比奥大叔心生不满，他太可怜了，这事已经把他打趴下了。可是，你说得也没错，你还是避一避吧。

阿卡西娅 妈妈，这件衬衫已经做好了，我拿去熨一下。

埃斯特万 这是你做的吗？

阿卡西娅 当然，您没看到吗？

雷蒙达 她不做就没有人做了，我不想做了……上帝！我也觉得自己像变了一个人。可是，她既勤劳又上心。（阿卡西娅走向后台，雷蒙达找到机会，亲切地拍了拍她）难道老天是故意要和你作对吗，孩子？（阿卡西娅退下）我们这些为人母的！原本一想到她年纪轻轻就要嫁作人妇，心里万般不舍。现在，我真希望她能早点儿嫁出去！

第二场

(雷蒙达、埃斯特万和尤西比奥)

尤西比奥　人呢？都去哪儿了？

埃斯特万　在这儿呢，尤西比奥大叔。

尤西比奥　你们都还好吧？

雷蒙达　都还好，尤西比奥大叔。

埃斯特万　牲口都有人看管吗？

尤西比奥　当然！

埃斯特万　请坐。尤西比奥大叔爱喝酒，雷蒙达，你去给他倒杯酒。

尤西比奥　不用了，谢谢。我今天身体有点儿不舒服，喝酒对身体不好。

埃斯特万　现在酒可是药啊。

尤西比奥　不，我今天滴酒不沾。

雷蒙达　您说不喝就不喝吧。您最近过得还好吧，尤西比奥大叔？胡莉亚娜呢？

尤西比奥　你想想啊，胡莉亚娜她……我总是觉得，她要和我的儿子一起走了。

雷蒙达　上帝保佑，否则的话，另外四个可如何是好。

尤西比奥　真是让人担心啊。身为母亲整天想着儿子会遭遇不测可不行啊。现在这事……这事一定会把我们打趴下的。还以为可以给儿子报仇雪恨……大家都是这么跟我说的，可是我并不这样觉得……最后凶手被放了出来，什么事也没有，在家里等着看好戏呢。我现在无比确信一点，虽然我很早就明白：在这个世界上生活，你

28

只能依靠自己给自己报仇。我生怕他们会这么做，所以昨天我才带口信给你，叫你跟村民说，要是我的儿子要去村里，千万要把他们拦住。我们家已经够惨了，不能再出现任何闪失了。虽然上帝还没顾得上惩罚杀我儿子的凶手，可是他一定会这样做的，要不然上帝就从这个世界上消失了。

雷蒙达　尤西比奥大叔，不要对上帝心生怨言。哪怕一直抓不到杀害您儿子的凶手，我们也都不会像他。让他的良心饱受折磨吧。像他那样一直活在自责的痛苦中，我可不愿意。像我们这些一直潜心向善的人，都过得这么苦，干了那种坏事的人，一定比我们难过多了。您就听我的吧！

尤西比奥　你说的没错。可是只有报了仇，我才不用再在儿子后面跟着，要不然，他们早晚会出事，假如是这样，会成为一件更让人难过而可笑的事。应该听他们讲讲原因！我那最小的孩子才十一岁多一点儿，连他都像个大人样的，把拳头攥得紧紧的，发誓要给哥哥报仇雪恨。无论如何……看到他那个样子，我的眼泪都忍不住往下掉……就更不用说他妈妈了。实话跟您说吧，我可真想这样告诉他："孩子，去吧，把他像条狗一样的打死，让他死无全尸，之后拖过来给我看……"可是，我却必须忍住，而且还要一本正经的，要他们根本不能往这方面想，否则就会把全家都给毁了……

雷蒙达　尤西比奥大叔，看起来您也摸不着头脑了。法院已经判定杀人凶手不是诺尔维尔托了，而且也没有目击证人可以证明他是杀人凶手，更何况他那天在哪里，在做什么，都已经查得很清楚了，没有任何问题。他是带着仆人去了贝罗卡莱斯，恩希纳尔的医生堂福斯蒂诺还看到过他，跟他有过交谈，出事的时候就是那个时间。您说，我们没有人会分身术啊！可能您会说，他的那几个仆人是事先商量好的，可是让那么多人都统一口径可是件难度很大的事情，而且堂福斯蒂诺和您关系很好，您对他还有不少恩情……像他一样，还有很多人也是支持您的，可是结果大家的意见却都是一致的。只有贝罗卡莱斯的一个羊倌说，他当时离得很远，看到了一个人，可是他描述出来的那个人的身高、体貌及衣服，都和诺尔维尔托不像。

尤西比奥　我也不能百分百确定。可是，背后指使和具体操作的可是两码事，不是同一个人，假如他是背后的指使者呢？这是毋庸置疑的……否则的话，我儿子的死就无从解释了……您也不用帮我胡乱猜测。我没有这种残暴的敌人。我对所有人都很好。不管关系亲近与否，我都对人很宽容。我的庄稼一直都有人糟蹋，我如果想去告，怎么告得完。他们之所以把福斯蒂诺杀了，只有一个原因，那就是他想和阿卡西娅成亲，而这个原因只有放到诺尔维尔托身上才成立。如果人们不是怕惹麻烦上身，如果据实以告，事情真相早就浮出水面了。可是，知道事情真相的人，偏又不想出来做这个证人……

雷蒙达　您是指我们吗？

尤西比奥　我没有说谁。

雷蒙达　您的语气已经告诉我了，不需要把名字说出来，也不需要指手画脚。您的意思再明白不过了，因为我们和诺尔维尔托是亲戚，就算我们知道什么，我们也会帮着隐瞒。

尤西比奥　你们难道没有察觉吗？你不觉得阿卡西娅内心埋藏着很多秘密吗？

雷蒙达　先生，这就是您的不对了。她知道的和我们知道的一样。是您非要认为杀人凶手就是诺尔维尔托。没有人因为其他原因而结下梁子，这只是您的观点。人都不是圣贤，尤西比奥大叔。也许您做过不少好事，可是人这一辈子，总会有一些事情没有处理好。您觉得所有人都忘记了，可是，当事人却不可能忘记。更何况，诺尔维尔托如果真的那么爱我的女儿，在这之前总会有所表现。不是您的儿子把她抢走的，福斯蒂诺是在我女儿和诺尔维尔托分手以后才来找她的。我女儿和诺尔维尔托分手的原因是他和另外一个姑娘暧昧不清，没有一个明确的态度。因此，我的女儿是被他抛弃的。现在您总该明白了吧，从这里找不到他杀人的动机。

尤西比奥 那如果真的是这样的，为什么一开始，大家都一致认定凶手就是他呢？你们的想法不也是一样的吗？

雷蒙达 一开始大家的情绪都比较激动，想不出还有谁。可是，只要认真想一下就会发现，找不出他做这件事情的动机来。您似乎是说我们窝藏了他。实话跟您说吧，我们也想弄清楚这件事情的真相，甚至比所有人的想法都要强烈。尽管您的一个儿子没有了，可是别忘了，我也有一个因为未婚夫死了而难过得要死的女儿。

尤西比奥 事实就是如此。应该坦诚一点儿，你们……可是假如诺尔维尔托和他父亲想洗清自己身上的嫌疑，你们也应该听听人们是怎么对你们进行议论的，假如我相信了的话……

雷蒙达 对我们议论纷纷？我们有什么好议论的？您到村里去过，能跟我说说他们都是怎么说的吗？

埃斯特万 没人会理睬的。

尤西比奥 那些话我从来都不信，可是，人家说，他们很感谢你们没有去查明事情的真相！

雷蒙达 您这不是又绕回来了吗？尤西比奥大叔，您知道您这话说出来，我会如何解读吗？直接说吧，您这是要我像您一样，也把一个亲人送出去。可是，我也身为人母，您这样做，是在对我的女儿，对我的家人进行侮辱。

埃斯特万 够了，尤西比奥大叔，不要再说了！

尤西比奥 我没有对任何人进行侮辱，只是把人们的观点重新讲出来而已。因为你们是亲戚，村里人是不想一起蒙羞，所以就商议着一起把真相隐藏起来。虽然这里的人都说诺尔维尔托不是杀人凶手，可是恩希纳尔的人却都是这样认为的。如果不赶紧对凶手进行处罚，两个村之间一定会出现更多的伤亡事件，到时候就没人阻止得了了。我们都知道，年轻人都有一腔热血。

雷蒙达 您这是在挑拨离间吧。不管我说什么，您都持怀疑态度。您已经一厢情愿地觉得，杀人凶手就是他，即便不是他自己动的手，也是买凶杀人，对吧？可是您要知道，干这种事，怎么可能请得到人？算了，我这笨脑子是想不出来的。像诺尔维尔托这样的孩子可以请到什么人呢？我们总不能说他父亲也是同谋吧？

尤西比奥 请一个帮凶再简单不过了。你应该清楚，巴尔德罗勃莱兄弟不就把两个羊倌杀了，事情的起因只是三个半杜罗？

雷蒙达 那件事时间一久当然就会暴露出来了。那是他们起了内讧，才被人抓住了蛛丝马迹。谁如果花钱请人去做这么冷酷的事，那他一辈子都不得安宁。可能身份尊贵的人会请人去把自己觉得碍眼的人给除掉，可是，诺尔维尔托……

尤西比奥 在家里很容易找到一个忠诚的仆人吧？

雷蒙达 也许在您家里找得到，他受您的指示做过类似的事情，经验使然，您才会说这样的话吧！

尤西比奥 你说话注意点儿！

雷蒙达 该注意的是您才对。

埃斯特万 你就消停一会儿吧，雷蒙达！

尤西比奥 你都听到了吧？你还有什么话可说？

埃斯特万　都停下来吧，要不然大家就都要疯了。

尤西比奥　随便吧。

雷蒙达　您说您一定要把杀人凶手找出来，这我没什么可说的。可是您也不能觉得我们大家都有罪吧。您想给儿子报仇雪恨，我也每天都在做祷告，希望上帝能帮忙把凶手找出来。假如我的儿子是这件事的罪魁祸首，我一定会把他交出去。

第三场

（鲁维奥、埃斯特万、雷蒙达、尤西比奥）

鲁维奥　很抱歉，打扰了。

埃斯特万　发生什么事了，鲁维奥？

鲁维奥　老爷，我很清醒，您不要这样看着我。今天的事情是这样的，我中午没吃饭，就喝了一点儿酒，身体就难受了，就是这样……我觉得很不好意思，惹您生气了。

雷蒙达　是吗？我觉得你现在好像很伟大嘛！胡莉亚娜把什么都跟我说了。

鲁维奥　胡莉亚娜就喜欢搬弄是非。我来找老爷，就是想说这件事的。

埃斯特万　鲁维奥！一会儿再说。尤西比奥大叔在这里，你看到了吧？

鲁维奥　尤西比奥大叔？我看到了呀！他到这儿来干什么？

雷蒙达　他来还是不来，和你有关系吗？你这样的也真是少见！滚远点儿，滚回去睡觉，一看就迷迷糊糊的。

鲁维奥 太太，您这样说可不对。

埃斯特万 鲁维奥！

鲁维奥 胡莉亚娜绝对是个喜欢嚼舌根的人！我很清醒。钱是我的，我又不是小偷，没做偷鸡摸狗的事，我老婆所有的东西也都是我送的。您说是吧，老爷？

埃斯特万 鲁维奥！赶紧去睡，睡好了再起来。你没想过尤西比奥大叔会怎么说吗？

鲁维奥 我想过啊，而且想得特别清楚。好吧，您不用教导我了……（退下）

雷蒙达 这就是您说的下人，尤西比奥大叔。这还是光明正大的样子……您想想看，要是真的当着他们的面，做了什么不可告人的事……可是，鲁维奥怎么了？最近总是醉得不省人事，和之前区别也太大了。你可千万不要惯着他啊，这才刚刚开始……

埃斯特万 女人果然不能和男人相提并论，瞧瞧你都说了些什么！他因为不酗酒，所以今天才会沾酒就醉。我跟你还原一下事情经过，我在村里办事时，人家请他喝酒……我已经说过他了，让他睡好了再起来，到了这儿，也许连他自己都是稀里糊涂的。您不要想多了。

尤西比奥 当然不会，还有什么事吗？

埃斯特万 您准备走了吗，尤西比奥大叔？

尤西比奥 我得走了。很对不起，我来这儿让你们生气了。

雷蒙达 没什么好生气的。我怎么能生您的气呢？

尤西比奥 感谢您的包容。请原谅我确实是遇到大事了！这口闷气会一直埋藏在我的心里，没那么容易就能消掉，也许直到死。你们要在索托长住吗？

埃斯特万 住到星期天。在这儿无所事事。只是这几天不想在村里待着，因为诺尔维尔托一回来，就听到了各种传言……

尤西比奥 的确是这样。我只是来跟你说，回村以后小心一点儿，如果我的那几个儿子去了，一定要拦着点儿他们，要是真出了什么事……我真不敢想会怎样。

埃斯特万 这个您放心，我会注意的，否则我就白活了。

尤西比奥 那我就说到这儿吧。这几天他们都被我指使到河边的田里去了……只要没有人鼓动他们，他们就会平安无事……好了，你们不要送了，怎么没看到阿卡西娅？

雷蒙达 她怕您难过，所以躲着没有见您。怕见了您，她会很伤心。

尤西比奥 是的。

埃斯特万 我派人把马牵过来吧……

尤西比奥 不用了。我喊一声它就过来了。弗朗西斯科！看，它来了！你不要出来啦，雷蒙达，请回吧。（和埃斯特万一起走向后台）

雷蒙达 一路小心，尤西比奥大叔。帮我带个口信儿给胡莉亚娜，就说我很想她，我为她做了不少祷告，甚至超过为您的儿子，因为那孩子一直是个心地善良的人，不应该有那样的经历，上帝会原谅他的，可怜的孩子。（埃斯特万和尤西比奥大叔退下）

第四场

（雷蒙达和贝尔纳维）

贝尔纳维 太太！太太！

雷蒙达 发生什么事了? 你看到诺尔维尔托了吗?

贝尔纳维 看到了,我们是一起来的。他老早就想和您见面啦,所以我们走得非常快!

雷蒙达 上帝啊,你们没和尤西比奥大叔撞个正着吧?

贝尔纳维 我们远远地看到他从河边过来,就走了和他相反的方向,之后躲到了院子里。直到尤西比奥大叔走远了,我才让他出来。

雷蒙达 赶紧去看看,看他有没有走到大路上。

贝尔纳维 他快要走到十字路口了。

雷蒙达 那就让诺尔维尔托过来吧。还是先跟我说说,村里现在是什么情况?

贝尔纳维 人心真是不可测啊,太太。您如果知道,一定会气不打一处来的。

雷蒙达 可是大家都觉得凶手不是诺尔维尔托,对吧?

贝尔纳维 没有人敢说他,要不然会被揍得很惨。昨天他回来时,受到了半个村子的人的欢迎。后来全村人都过来了,他基本上是被人们抬回家的。所有的女人都掉了眼泪,所有的男人都争相和他拥抱,他爸爸都看傻了……

雷蒙达 可怜的孩子! 我就知道不是他干的,不可能是他干的!

贝尔纳维 因为传言说恩希纳尔的人也许会来寻仇,所有男人,包括那些老头子在内,都随时准备战斗呢。

雷蒙达 上帝保佑! 你能跟我说说,今天上午老爷一切正常吗?

贝尔纳维 你是不是听到了什么?

雷蒙达 没有什么……我是说,是的,我已经知道了。

贝尔纳维 鲁维奥到酒馆去后,似乎说了什么,有人告诉老爷了,老爷就去找他,把他从酒馆拖了出去。他对老爷也开始放肆了……

喝得醉醺醺的……

雷蒙达 那你知道鲁维奥都讲了些什么吗？

贝尔纳维 根本上就是在胡扯……他喝得醉醺醺的……您愿意听我一句劝吗？这几天，你们最好先不要出现在村里。

雷蒙达 这个你可以放心。假如是我的话，我恨不得一直待在这儿。啊，圣母！我真想沿着那条大路一直跑，一直跑，跑到到山顶上藏起来，我总是感觉有人对我有杀意……老爷……老爷在哪里呢？

贝尔纳维 和鲁维奥在一起。

雷蒙达 你把诺尔维尔托叫过来吧。（贝尔纳维退下）

第五场

（雷蒙达和诺尔维尔托）

诺尔维尔托 雷蒙达姨妈，怎么了？

雷蒙达 诺尔维尔托！我的孩子！赶紧过来让我看看。

诺尔维尔托 我一听说您想和我见面，我就激动不已。在这个世界上，我最亲的人除了爸爸妈妈，就是你了。幸运的是，妈妈已经不在了，要不然她也会和其他人一样，觉得我就是杀人凶手……

雷蒙达 虽然大家众口一词，可是我是从来都不会相信的。

诺尔维尔托 我当然知道，在相信我的人中，您是第一个。阿卡西娅呢？

雷蒙达 她很好，只是这个家现在很不幸。

诺尔维尔托　都说杀福斯蒂诺的凶手就是我！您想想，如果我无法对自己那天所做的事进行证明，如果像我之前所想的那样，把猎枪扛在肩上，一个人出去胡乱放一通，没有人证，我就难以解释清楚自己在哪儿了，我这一辈子都会在监狱里待着的。

雷蒙达　你是个男人，不要这样哭丧着脸！

诺尔维尔托　我不是哭，在监狱里，我的眼泪已经流干了。如果有人告诉我，有一天我还要……事情还在进行中呢。尤西比奥大叔和他的几个儿子，还有恩希纳尔所有的村民，都想置我于死地，我都知道……在福斯蒂诺这件事情上，他们都觉得我就是杀人凶手，没有一个人相信我。

雷蒙达　那是因为杀人凶手还没有找到……什么都还是一团糟呢……所以，再明显不过了，他们不会就这么放弃的……难道，你就没有什么怀疑的人？

诺尔维尔托　不单单只是怀疑。

雷蒙达　为什么不告诉法院？

诺尔维尔托　等到了关键时刻，我会说出事情真相，给自己洗白的……可是，既然不需要去控诉别人，如果我现在说了，也许结局会和福斯蒂诺一样惨。

雷蒙达　是报复吗？你觉得这是一场报复。那你觉得凶手会是什么样的人呢？你要记得，因为尤西比奥大叔和埃斯特万的仇人一定是一伙的，不管什么事，他们总是一起行动，所以我总是提心吊胆的……假如这种报复是冲尤西比奥大叔来的，也会冲我们来，他们就是想让两家无法联姻。可是，也许我想得太简单了，也许哪一天，他们也会置我的丈夫于死地。

诺尔维尔托　您不用担心埃斯特万大叔的安全。

雷蒙达　你是说……

诺尔维尔托　我什么都没说。

雷蒙达　告诉我所有你知道的。可是不知道为什么，我总觉得有很多人都知道真相，就像我所知道的那样。

诺尔维尔托　我可什么都没说……您也不会知道的，只是村子里的人偷偷议论而已。您不要唬我。

雷蒙达　看在你那已经不在世的妈妈的分上，把事情真相都告诉我吧，诺尔维尔托。

诺尔维尔托　姨妈您不要再说了。我连法院都没有告诉……如果我说出来了，他们会把我也杀了的，一定会的。

雷蒙达　你是说谁呀？

诺尔维尔托　就是那些把福斯蒂诺杀了的人啊。

雷蒙达　福斯蒂诺究竟死于谁之手？是花钱请来的吗？鲁维奥今天早上在酒馆里也是这样说的……

诺尔维尔托　您都知道了？

雷蒙达　埃斯特万将他拉了出来，没让他继续说……

诺尔维尔托　为了不让他也牵涉其中。

雷蒙达　是的，为了不让他也牵涉其中！因为鲁维奥说他……

诺尔维尔托　说这家的主人应该是他才对。

雷蒙达　主人！因为鲁维奥是……

诺尔维尔托　没错，夫人。

雷蒙达　杀了福斯蒂诺的人就是他……

诺尔维尔托　没错。

雷蒙达　鲁维奥，现在我终于清楚啦！村里人都知道了吗？

诺尔维尔托　是他自己满世界宣扬，到哪儿都声称自己是个大富翁，有很多钱……今天上午，因为有人在他面前唱了一首歌，他就和大家动起了手。埃斯特万大叔闻讯赶过来，才把他拉走了。

雷蒙达 歌？还编了一首歌？有关什么的歌词是什么样的？

诺尔维尔托 索托那个姑娘的爱人啊，

天生注定被判处死刑，

因为爱她的人的原因，

人们称她为"不吉利的姑娘"。

雷蒙达 在索托住的人就是我们啊，大家平常叫我们就是这样叫的，指的就是我们家……"索托那个姑娘"就是阿卡西娅（我的女儿）了！而那首歌，所有人都在传唱，大家都说她是"不吉利的姑娘"。是这么说的吧？哪些人不应该爱她呢？不该爱我的女儿的人是指谁呢？你，还有福斯蒂诺都爱过她。可是，还会有谁爱她？为什么把她叫作"不吉利的姑娘"？过来，你们为什么一开始那么好，后来却分手了？是因为什么？你告诉我……听着，我知道的可比这糟糕多了……

诺尔维尔托 您不要让我，也不要让其他人都跟着遭受不幸了。我什么都没有告诉您，即便是坐大牢，我也什么都没有告诉您。我不知道事情真相您是从哪儿知道的，可能是鲁维奥告诉您的，可能是我爸爸告诉您的，因为我只告诉过他一个人。我爸爸确实想过跟法院说，可是被我阻止了，因为人家会把我们父子俩都杀了的。

雷蒙达 我知道了，你不用说了……我已经看到了，也听到了。"不吉利的姑娘""不吉利的姑娘"！你听好了。说出所有真相……我向你发誓：如果谁想置你于死地，就必须先把我杀了。而且你也知道，尤西比奥大叔和他的几个儿子早晚都会拿你问罪的，你是不可能逃脱的，除非事情真相曝光了。他们就是不想让福斯蒂诺和阿卡西娅成亲，才把福斯蒂诺给杀了。你就是为了保全自己，才和阿卡西娅分手的对不对？你要说的就是这些，对吗？

诺尔维尔托　很久之前，他们就和尤西比奥大叔沟通好了，叫我和阿卡西娅分手，而我们分手的原因是她很早就已经答应要和福斯蒂诺成亲了。还说，我必须承受任意结果。他们还威胁我，假如我把这件事告诉别人，那就……

雷蒙达　把你杀了，对吧？所以你……

诺尔维尔托　这一切我都选择了相信。可是，实事求是地说，我心里还是有点儿忐忑的。我随便找了一个姑娘胡来，就是想让阿卡西娅嫉恨我。可是，后来我知道这件事是他们胡编乱造的。尤西比奥大叔和福斯蒂诺从来都没有和埃斯特万大叔商量好什么。福斯蒂诺死了以后，我才知道他为什么死。当他向阿卡西娅求婚以后，在我面前就找不到说辞了，因为她必须和尤西比奥大叔的儿子成亲了。没办法回绝了，就只能表面上先答应下来，甚至还买了不少结婚要用的东西。我这是自己在作死啊。还能有谁呢？阿卡西娅的未婚夫，因为妒忌……所有一切都是经过缜密的布置的。感谢上帝，那天我逃脱了！他的心理防线也终于垮了，才自己说出了事情真相。

雷蒙达　也就是说，这所有一切都是真的！装睁眼瞎怎么可能！什么东西让我看不清了啊？……现在一切都变得模糊了……可是，我为什么那么神志不清啊？

诺尔维尔托　姨妈，您要到哪里去啊？

雷蒙达　我也不清楚，我的脑子里一团乱，我受到了太大的打击，脑子里一片空白。你看，说了这么久，只有那首歌我还记得，那首有关"不吉利的姑娘"的歌。你要告诉我怎么唱，我们按那个节奏来跳舞，永远不要停！阿卡西娅，阿卡西娅，孩子！你出来。

诺尔维尔托 不要叫她，不要，她又没有错！

第六场

(阿卡西娅、雷蒙达、贝尔纳维、诺尔维尔托)

阿卡西娅 发生什么事了，妈妈？诺尔维尔托！

雷蒙达 过来！看着妈妈的眼睛！

阿卡西娅 妈妈，到底发生什么事了？

雷蒙达 没事，你没有任何过错！

阿卡西娅 妈妈，您都听说什么了？你告诉她什么了？

雷蒙达 大家都在说"不吉利的姑娘"！人们已经把你编成一首歌了，你还被蒙在鼓里呢！

阿卡西娅 我？怎么可能？他们怎么可能告诉您？

雷蒙达 不要再骗我了！都告诉我吧！你为什么一直都不肯叫他爸爸？把原因告诉我！

阿卡西娅 因为我只有一个爸爸，这您再清楚不过了。那个人怎么可能代替我的爸爸，我恨他还来不及呢，自从他来到这个家，这个家就变得让人无法再在这里生存下去了。

雷蒙达 可是现在你要叫他，听话，叫他爸爸，他是你的爸爸。知道吗？你明白我的意思吗？我要你叫他爸爸。

阿卡西娅 你是要我去叫坟里的那个爸爸吗？我只有一个爸爸，他在坟里。那个人只是你的丈夫，你爱他，可是我只会用"那个人"来称呼他，不会再叫其他的什么。您既然都知道了，就不要再让我难受了。把他送到法院去吧，让他受到处罚！

雷蒙达　你是说福斯蒂诺的死？还有什么，都告诉我吧！

阿卡西娅　没有了，妈妈。如果我知道真相，福斯蒂诺就不会死了。您觉得我会这么笨，连自卫都不会吗？

雷蒙达　那你为什么一直藏在心里，为什么不早点儿告诉我？

阿卡西娅　您已经被他迷惑住了，我的话您听得进去吗？就是因为他的迷惑，您才被蒙蔽了双眼，哪怕当着您的面，他的眼睛也想吃了我。他无时无刻不在跟着我。您还要我继续说吗？我对他恨之入骨，希望他可以再明显一些，让您清醒一点儿，让您看看他到底是个什么样的人。是他把您对我的爱抢走了，是他让您的心智受到蒙蔽，您从来没有对我爸爸爱得那么深。

雷蒙达　事情和你所说的不一样，我的孩子！

阿卡西娅　我就是想让您也憎恶他才这么说的，像我爸爸说的那样憎恶他，我似乎听见爸爸在阴间经常这样告诉我。

雷蒙达　不要再说了，孩子，不要再说了！到我这儿来，在这个世上，我唯一的亲人就是你了，感谢上帝，我还可以庇护你！（贝尔纳维上）

贝尔纳维　太太！

雷蒙达　看你这么生气，发生什么事了？肯定不是什么好事！

贝尔纳维　我来是想给诺尔维尔托通风报信，不管怎样都让他留在这里。

雷蒙达　那是为何？

贝尔纳维　尤西比奥大叔的几个儿子和他家人正在路上设着埋伏，要找他报仇雪恨呢！

诺尔维尔托　我说得没错吧？这会儿您应该清楚了吧？他们要置我于死地！他们不可能放过我，一定不会。

雷蒙达 让他们也冲我们来吧，可是一定会有人提前去跟他们说的。

贝尔纳维 是鲁维奥。他一定背叛了我们。刚刚我看到他跑到河边去了，直到尤西比奥大叔的地里。

诺尔维尔托 我说得没错？为了不让他人知道，他们竟然派别人来干掉我，以免这件事情继续被追究下去。那些人以为把兄弟害死的凶手已经不在人世了，就会善罢甘休了……他们会把我杀了的，雷蒙达姨妈，他们一定会把我除掉的。我一个人根本没办法对付那么多人。我身上连个武器都没有。我怕对别人造成伤害，所以身上就没带武器。我可不想因为杀人被送到监狱里去，如果是那样的话，我甘愿死于别人的刀口之下……您救救我吧，如果就这么无缘无故地死了，就如同落入陷阱一样，太悲惨了！

雷蒙达 孩子不用担心，我先前说过，除非他们先杀了我……和贝尔纳维去里面。你去拿猎枪来……他们不会随便往里面闯的，谁如果胆敢这么做，不管是谁，你就直接打死他，知道吗？无论是谁。你们不用把门关上，孩子，你和我就留在这里。埃斯特万！埃斯特万！埃斯特万！……

阿卡西娅 妈妈，您在做什么？（埃斯特万上）

埃斯特万 你是在叫我吗？发生什么事了？

雷蒙达 你听好了，诺尔维尔托在这里。尤西比奥大叔的几个儿子准备暗杀他。可是你枉为男子汉，都没有勇气站出来。

埃斯特万 你在说什么？（想拔枪）雷蒙达！

阿卡西娅 妈妈，妈妈！

雷蒙达 算了，还是不指望你了！还是叫鲁维奥来吧，让他把我们杀得片甲不留，以便让你的罪恶可以一直隐藏下去……凶手，凶手!

埃斯特万　你在说什么，你疯了吗?

雷蒙达　我疯了不是一天两天了，从你进这个家门就开始了，你像小偷一样因为觊觎我最宝贵的东西而踏进这个家门时，我就已经疯了!

埃斯特万　你到底在说什么?

雷蒙达　不是我在说什么，而是大家都众口一词，看着吧，法院很快也会持这种观点。假如你想让事情平息下来，让我安静下来，不想大面积散播出去……那就听好了：那些想幸灾乐祸的杀人犯，都是受到你的指使，那你就可以让他们都走。诺尔维尔托只有在我跟着的情况下，才会走出这间房子。除非你们先把我杀了，要不然休想动他一根毫毛……你，还有你花钱请来的所有凶手，我一个人足以应对，为了保护他和我的女儿，我豁出去了。混蛋! 还不赶紧滚! 滚到森林里去，再也不要出来! 人们都来了，你已经没有机会了……哪怕只有我和女儿，你也没这个胆量! 我的女儿，我的女儿! 她是我的女儿，你不知道吗? 我的女儿! "不吉利的姑娘"! 可是，我不会让她受伤害，不会让她得逞，不要忘了，她爸爸还没有死……她爸爸不会放过你的，如果你胆敢对她不利!

[幕落]

第三幕

布景和第二幕一样。

第一场

(雷蒙达在门口站着，一脸的不安，左顾右盼。之后，胡莉亚娜上场)

胡莉亚娜　雷蒙达！雷蒙达！

雷蒙达　你打听到什么消息没有？他安全吗？

胡莉亚娜　没有，放心吧。

雷蒙达　他现在还好吗？你怎么独自跑回来了呢？

胡莉亚娜　阿卡西娅在他旁边呢，他好像睡着了，一声不吭的。事实上我最担心的还是你。上帝保佑，他还好，没什么好担心的，倒是你得吃点儿东西才行啊！

雷蒙达　我没事，不要管我！

胡莉亚娜　你和我们一起进去吧，不要在这里待着。

雷蒙达　不，我要等贝尔纳维。

胡莉亚娜　如果他要等接应诺尔维尔托的人，那就会慢一点儿。如果法院的人也……

雷蒙达　法院的人也来了……怎么还会有法院的人。上帝，胡莉亚娜，真是造孽啊！

胡莉亚娜　走吧，进去休息一会儿。我知道你说等贝尔纳维只是一个幌子，你真正在等的人是你的丈夫，不管怎样，他终究是你的丈夫。

雷蒙达　是啊，不管怎么说也在一起这么多年了，哪能说结束就结束。尽管事情的真相已经显露无遗，尽管我知道一切都晚了，以后和他见面，我不可能给他好脸色，可是我还是放心不下，依然站在这里眺望着，观察着山上的一举一动，希望可以看到他的笑容，似乎和从前没有区别，之后两个人像年轻人一样，欢欢喜喜地坐在桌边吃饭，交流着彼此今天都做了什么，亲亲热热的，不管做什么都行。你想想看，现在这一切都化为泡影了，这家里的一切看上去都那么碍眼，曾经的安宁再也不会回来了。

胡莉亚娜　说得也是，人们对这个世界都充满了怀疑。就拿我来举例吧，当你亲口告诉我这些，我还亲眼见到以后，我才幡然醒悟。希望福斯蒂诺的死可以得到上帝的祝福，原本还有可能是出于其他方面的原因。可遗憾的是，他图谋不轨的对象竟然是阿卡西娅。太难以置信了，直到现在我都还恍惚着呢。可是，如果分开来看这两件事，也确实难以解释清楚。

雷蒙达　之前，你就没有发现有什么不对吗？

胡莉亚娜　完全没有。自从他到这个家来了以后，你就完全被他吸引住了，我面对他一直没有好脸色。恕我直言，我觉得你以前的丈夫更好。他真的是这个世界上最好的人了……得了，我在说什么呀！如果我发现了其中的漏洞，我一定会告诉你的……现在事情的真相已经查明了，我才反应过来，他太关心姑娘了。在姑娘面前，他永远都是笑脸相迎，虽然姑娘一点儿都不喜欢他。自从你和他结婚以后，姑娘从来就没有跟他正儿八经说过一句话，而且还因为是继女，会经常骂他。这些你也都看到了，别人劝过，你也骂过，可都无济于事。假如姑娘从小就和他亲，他也把她当亲生女儿看待，可能事情就不会闹成今天这样了。

雷蒙达　你也在给他找理由？

胡莉亚娜　你在说什么呀？我为什么要给他找理由？这种事能说说就完了吗？最起码我也知道她是你的女儿啊！可是，回过头来说，那孩子似乎就只有你的女儿这一重身份。如果从一开始她就把他当爸爸，事情就不会闹到今天这样，毕竟他本质还是好的。而混蛋就是混蛋，这个没什么好质疑的。阿卡西娅在你们刚结婚那会儿，年龄还不大，有好几次我都看到，因为姑娘不喜欢他，他独自一人偷偷流泪呢。

雷蒙达　的确如此，我们之间唯一的问题就是这个孩子。

胡莉亚娜　我们都知道，姑娘长大后始终对他避而不见。在她眼里，他就是一个陌生人，连看都懒得看一眼。可是我们谁会那样想呢？

雷蒙达　确实不会那样想，也压根儿不会想到那个方面。只有心里有鬼的人才会往那方面想。可是他肯定已经计划挺长时间了，从来都没有放弃作恶，为了让我女儿留在这里，不结婚，不离开他，竟然置别人于死地，太可怕了。我也想帮他找理由，可是根本找不到，还越发觉得他不可饶恕……你做得很对，再这样下去，我会疯的。他们为什么会那样想，说我女儿随时都有可能被糟蹋，一想到那个敢置人于死地的家伙是无恶不作的……要是真是那样，你相信，我会把他们都杀了的，真的，要不然我就不是雷蒙达。他太卑鄙了，所以要把他杀了；而我因为没有一命抵一命，所以也该死。

第二场

（贝尔纳维、胡莉亚娜、雷蒙达）

胡莉亚娜　太太，贝尔纳维来了。

雷蒙达　你一个人来的？

贝尔纳维　是的。村里人都在出主意，我一刻也不能耽误。

雷蒙达　你做得很好，我都快要急死了。

贝尔纳维　说出来就让人生气。

雷蒙达　他们准备来把诺尔维尔托接走吗？

贝尔纳维　他爸爸想来。可医生说如果坐车的话，会让他伤势加重的，担架是少不了的。不仅如此，还说必须让法医和法官都到现场来，因为他昨天昏迷了，一个字都说不出来，怕把他抬回村里之后又有性命之忧……你不知道，大家都各执一词，互相都不相信对方。今天都一窝蜂聚在一块儿，全都没有下地干活儿，这几天，大家都没有按时吃饭。

雷蒙达　他们应该都知道了，诺尔维尔托只是受了轻伤吧？

贝尔纳维　怎么跟他们说啊，根本解释不清。昨天当他们听说尤西比奥大叔的儿子快把他打死以后，大家都哭得不能自已。可是今天，他们的态度又变了，又说这件事情不能这么快就算了，当他们知道他只是受了轻伤，不久就会恢复以后，他们说尤西比奥大叔的儿子应该得到报应，既然把他打伤了，就必须有个说法。如果他的伤很快就好了，过上一次堂也就完了，这事换谁都不会善罢甘休。

胡莉亚娜 看来他们很爱诺尔维尔托，可是又希望事情愈演愈烈，恨不得他被人家杀了才好。太可恶了！

贝尔纳维 确实是这样。我告诉他们，这都要归功于您，正是因为您跟老爷说了，老爷才跑过去周旋，甚至还把枪拿起来，才保住了诺尔维尔托的命。

雷蒙达 你是这样说的？

贝尔纳维 不管谁问，我都是这样说的。为什么不这样说，一方面事情本来就是这样的；另一方面是这儿的事情，村里人是怎么议论的，您还不知情。

雷蒙达 什么都不要说。老爷呢？他到村里去了？你知道他现在在哪里吗？

贝尔纳维 听说今天上午有人看到他了，在贝罗卡莱斯，他身边还有鲁维奥和恩希纳尔的羊倌儿。看来昨晚是住在那里的。我觉得一点儿都不像逃犯。更何况事情还没有发展到让人疑窦丛生的地步。只有诺尔维尔托的父亲一看到人就开始胡诌。今天上午，他遇到尤西比奥大叔以后还说，他的儿子为什么要和诺尔维尔托过不去，根本就找不到原因。

雷蒙达 尤西比奥大叔去村里了吗？

贝尔纳维 今天上午，他的几个儿子被绑在一起抓走了，从恩希纳尔押解到了村里。他带着小儿子一直跟在后面，一边走一边哭。即便是再冷酷无情的人，看到这种场面都会潸然泪下。

雷蒙达 同样都是做父母亲的！男人们如果可以换位思考就好了！

第三场

(阿卡西娅、雷蒙达、贝尔纳维)

阿卡西娅 妈妈！妈妈！

雷蒙达 孩子，发生什么事了？

阿卡西娅 诺尔维尔托叫您呢。他说他好渴，想喝水。可是我不敢递给他。

雷蒙达 医生说了，可以喝点儿橘子水。那里有一罐，他还觉得疼吗？

阿卡西娅 没有了，现在好多了。

雷蒙达 (对贝尔纳维) 你买了医生开的药没有？

贝尔纳维 都在口袋里放着呢，我去拿。(退下)

阿卡西娅 妈妈，您听到了吗？他在叫您呢。

雷蒙达 我来了，我的孩子，诺尔维尔托。

第四场

(胡莉亚娜和阿卡西娅)

阿卡西娅 那家伙来了吗？

胡莉亚娜 没有。出事以后，他就拿着猎枪和鲁维奥一起走了，像个疯子一样。

阿卡西娅 没有人把他抓起来吗?

胡莉亚娜 听说还没有。要把他抓起来,需要不少人证呢。

阿卡西娅 是不是已经人尽皆知了?我妈妈叫那么大声。

胡莉亚娜 家里知道的人只有我和贝尔纳维。你放心,我们会保密的。我们只会告诉别人,他是个好人,对这个家一直很忠心,别人是不会发现的。大家即便听到你妈妈叫了,也会以为是因为诺尔维尔托,因为尤西比奥大叔的儿子要置他于死地。如果法院来向我们打听情况,大家也会众口一词,遵照你妈妈的意思来说的。

阿卡西娅 我妈妈会让你们撒谎吗?难道她自己不会讲吗?

胡莉亚娜 你想让她说实话吗?难道这个家的颜面,你一点儿都不担心吗?特别是你,大家都会胡乱猜测。有人会觉得你大度,有人是不会相信的。可是,女人的名誉非常重要,不能被别人随意评判,那对你不好。

阿卡西娅 我的名誉!我才不管别人怎么说,我只知道自己没有受到玷污。反正我是不会嫁人的。要说通过这件事,我得到了些许安慰的话,那也只是来自于我没有嫁出去。我只是为了和他赌气,才愿意嫁人的。

胡莉亚娜 阿卡西娅,你这不是在说气话吗!

阿卡西娅 我恨他恨得要命,为什么不气他。不单单只是现在,这口气一直压在我心里。

胡莉亚娜 大家都知道,错都在他身上,你憎恶他也是合情合理的。实话跟你说吧,你妈妈当初决定嫁给他,我是不支持的。可是,在你还没有长大的时候,我却看到过他非常疼你,只是你不知道而已。

阿卡西娅 我只知道我妈妈很爱他,天天跟在他屁股后面转,而我明显碍他们事了。

胡莉亚娜 你这么说是不对的,你妈妈和他都非常疼你。

阿卡西娅 我妈妈才不呢,可是,不管是过去还是现在,他倒是真疼我。

胡莉业娜 听你的语气,你似乎不是很生气。实际上,如果你对他好一点儿,他也不会这样对你。

阿卡西娅 我之所以讨厌我妈妈,都是因为他,我怎么可能对他好?

胡莉亚娜 什么?你不喜欢你妈妈?

阿卡西娅 不喜欢。如果这个家没有那个家伙,我会喜欢我妈妈的。我一直都记得,在我还很小的时候,有一天晚上,我在枕头底下放了一把刀,一晚上都睁着眼睛,只想着把他捅死。

胡莉亚娜 上帝,你傻不傻呀,你在胡说什么!你胆子也太大了!如果他真的去了,你会把他杀了吗?

阿卡西娅 我不知道!

胡莉亚娜 上帝啊!圣母!不要说了。你疯了吗?你想知道我的想法吗?这件事,你也有很大的责任啊!

阿卡西娅 我也有责任?

胡莉亚娜 没错,你也脱不了干系。我就开门见山地说吧,你原本只恨他,可是现在……唉,如果你妈妈知道了!

阿卡西娅 我妈妈知道什么?

胡莉亚娜 你根本不恨他,而是恨你妈妈!你自己都还蒙在鼓里,而旁人却看得再清楚不过,你爱他。

阿卡西娅 你在说什么?

胡莉亚娜 你这不是恨,你这样的恨代表着你很爱他。

阿卡西娅 我怎么会爱上那个家伙？你知道你在说什么吗？

胡莉亚娜 我说的是正经话。

阿卡西娅 你已经说了，你一定也会这样跟我妈妈说的。

胡莉亚娜 你有些怕了吗？你这不是坦白了吗？可是，你放心吧，我是不会跟你妈妈说的，她现在已经很烦恼了，上帝保佑我们吧！

第五场

（贝尔纳维、胡莉亚娜、阿卡西娅）

贝尔纳维 老爷来了，老爷回来了。

胡莉亚娜 你看到了？

贝尔纳维 看到了，他已经筋疲力尽了。

阿卡西娅 我们赶紧走吧。

胡莉亚娜 对，我们赶紧走，一个字都不要说，一定要在你妈妈面前保密，你几乎和他撞了个正着。（两个女人退下）

第六场

（贝尔纳维、扛着猎枪的埃斯特万和鲁维奥）

贝尔纳维 您有什么指示？

埃斯特万 没什么事，贝尔纳维。

贝尔纳维 需要我跟太太说一声吗？

埃斯特万　不用了，她们会自己来的。

鲁维奥　诺尔维尔托的伤怎么样了？

贝尔纳维　好多了。您要是没什么指示的话，我这就给他送药去。

（退下）

第七场

（埃斯特万和鲁维奥）

埃斯特万　我就在这儿坐着，你有什么话就直说吧。

鲁维奥　我能说什么？您的家在这里，您原本就应该在这里。事实上，您到处躲是暴露了自己，自己找罪受……

埃斯特万　我的意思是，我现在就在你面前站着，你已经实现你的愿望了，你找到我了……有话就说吧。那个女人很快就会来了，又要对着我咆哮，还会叫来很多人，法院还有尤西比奥大叔都会过来，你有话就抓紧时间说……

鲁维奥　假如你不拦着点儿尤西比奥大叔的儿子，让他自己去找那个——现在身上有伤的家伙去解决，一切就都风平浪静了。可是现在，不光那小子，还有他爸爸，甚至那两个女人，都要去揭发……事实上，她们俩应该保持沉默。没有人能发现福斯蒂诺的事的破绽。您和他父亲在一块儿，我没有被任何人发现，我跑得很快，不一会儿就跑出了二里地。我还拨快了那个家伙的表，临走时还专门让他们看了下时间。

埃斯特万　这一切都设计得非常巧妙，坏就坏在你后来四处宣扬上。

鲁维奥 您说得没错，那天您就应该把我给杀了。可是，那天当诺尔维尔托被放了以后，我头一次觉得心里很慌。您应该听我的，我一早就说过，要赶快到法院去活动，让阿卡西娅当证人，指证诺尔维尔托曾经诅咒要把福斯蒂诺给杀了……您还说，您想方设法强制性要求她么做……原本可以找其他人来做证的，证明诺尔维尔托曾经说过类似的话，对吧？如果真么做了，现在局势就大不相同了，这样法院就不会那么快就释放了他。我老早就说过，并不是我想对那天所做的坏事进行抵赖，而是一看到诺尔维尔托被释放了，我就马上想到法院了，尤西比奥大叔就是一直盯着法院不放，人们才会到其他地方去找凶手。我心里一发慌，就想要把自己灌醉，这样就不用保持清醒了，于是我就跑去喝酒。我因为从来没沾过酒，所以一碰酒就开始胡诌。我说过，那天你差点儿要了我的命，你这样做的理由很充分，更何况村里已经有谣言了。当听到那首歌以后，我更加心神不宁了。事情就出在这里。请您相信，我说的句句属实，关键就在于你和诺尔维尔托说过的话。他和他父亲已经在质疑您和阿卡西娅之间的关系了，不管怎样必须消除这点疑虑，要不然我们就会被毁了。因为有了犯罪的理由，找出犯罪的人就很容易了。而其他的，如果他的死因没有弄清楚，他们还怎么去把凶手找出来。

埃斯特万 这些天我脑海里始终盘旋着这些问题，为什么要死人？为什么要杀人？

鲁维奥 这些问题只有您才知道答案。因为您相信我，因此反复告诉我："要是那个女人归别人所有，我就什么都不顾了。"后来您又跟我说："她要结婚了，这回我可没办法了；她结婚了，她会和别人成亲，一想到这个……"一连好长时间，每天只要天一亮，您就来叫醒我，您忘记了吗？您对我说："喂，鲁维奥，赶紧起来，我失眠了一个晚上，我们到野外去转转……"于是我们把猎枪拿上就走了。两个人手牵手，可是却一个字也不说。出去打猎，却一无所获，为了不让别人看到议论，朝天空打几枪：我说是为了把猎狗吓跑，您说是为了解忧。就这样一直走啊，走啊，最后实在是太累了，就在山坡上坐了下来。您一直不开心，后来，您用尽全力喊了一声，似乎把千斤重担都卸了下来，您把我的脖子搂住，不停地讲啊，讲啊。现在，您肯定什么都想不起来了，哪怕您竭尽全力地回忆。可是，后来您老是说："我究竟是怎么了，我已经疯了，我离死也不远了，我这样活着不是惩罚，不是遭罪吗……"您反复念叨着这些话，最后总是以一个"死"字告终。过了很久以后，有一天，商议好了，我不用再说什么了，你清楚得很。

埃斯特万　你就不能把你这张臭嘴闭上吗？

鲁维奥　请注意措辞，老爷，您这样训斥我是不对的。今时不同往日。那时我们刚来，我还不知道您心里是怎么想的，好几次您都像丢了魂一样，想自杀算了。老爷，您不能再那样了，从现在起我们就在一条船上了。我知道，您现在肠子都悔青了。如果有可能，也许您希望我永远不要再出现。要是我走了可以平复您的心情，您早就那样做了。我在这件事上是没有任何利益可言的，这点您必须知道。您乐意，才让我获得了一定的利益。我并不缺什么，也没有什么爱好，只是喜欢到郊外随便转转。可以指挥别人，就是我最大的愿望，我希望您把我当兄弟看待。就是因为您对我的信任，我才做了那件事。我永远都是值得信赖的，这点您大可放心。我已经想过了，假如咱俩都没有好下场的话，我可是一个支援的人都没有了。就算把我杀了，您也不会帮我说什么，我会从此人间蒸发。我说我一个支援的人都没有，是因为没有人会关心我的境况如何，我还不知道会是什么样的结果，也许要坐十年、十五年的牢。可是，您是地位尊贵的人，不会判多久的，以后有人给您一说情，您还可以减免刑期。很多人干出的事比这还要恶劣，可是关个三五年就出来了。我希望您要记得我。等您出来以后，我希望您能视我为您的亲兄弟。一个好汉还三个帮呢，我们团结起来，就可以干成任何事。我希望我可以拥有权力，可以指挥别人，这点您不用怀疑。在您面前，我会一直是奴仆的身份……太太来了。（看到雷蒙达向这边走来）

第八场

（雷蒙达走了出来，手里还拿着一个双耳水罐。刚好看到埃斯特万和鲁维奥，她惊呆了，脚步都挪不动了，犹豫了一会儿，还是走到水缸边将双耳水罐灌满了水）

鲁维奥 很抱歉，太太。

雷蒙达 你赶快滚，滚远点儿，不要让我再看见你。你在这里做什么？赶紧走！

鲁维奥 太太，您不单单必须见我，还要听听我怎么说。

雷蒙达 你看清楚了，这里是我的家。你想说什么？

鲁维奥 实话告诉您吧，法院早晚要找上我们。基于大家的利益考虑，我们最好保持一条心。只有这样才能保住所有人。

雷蒙达 应该进监狱的人多得是，你难道还想逃之夭夭？

鲁维奥 我不是这个意思。只有一个人要去坐牢，而那个人就是我。

雷蒙达 你在说什么？

鲁维奥 可是，我也不是那种只会让别人乱说的人。更何况，事情原本和您想的也不一样。村里的传言，还有那首让您觉得是真相的那首下流歌曲，全是诺尔维尔托和他父亲编造出来的。

雷蒙达 这段时间，你们已经计划好了一切！不管是歌曲还是传言，我都不需要再听了。我选择相信我了解到的事实。我已经调查清楚了，任何谗言我都不会相信。我也猜到了，也看到了。可是关于……你呢，你怎么可能是那样的人，你这么高尚，我可不相信。可是他却可能有勇气把真相都告诉我。我是不会去检举、揭发的，这点你不用怀疑。我是考虑到这个家，这个世代传下来的家，更是考虑到我的女儿，我自己，而不是为了你们。可是，这件事已经瞒不住了，我说不说已无关紧要了！难道山上的草木都知道了，都在以讹传讹吗？

鲁维奥 随他们说去吧，可是您不应该透露半个字啊。

雷蒙达 你才这么想。可是经你一提醒，我倒想让所有人都知道了。

鲁维奥 您不能，您为什么要这么做呢，没有理由啊。

雷蒙达 这理由还不够？你们已经置一个人于死地了，还有一个也差点儿死了。

鲁维奥 这已经是不幸中的万幸了。

雷蒙达 住嘴，你给我住嘴，杀人犯，懦夫。

鲁维奥 老爷，她是在说您。

埃斯特万 鲁维奥！

鲁维奥 喊我做什么？

雷蒙达 当着他的面，你应该恭敬一点儿。这是作的什么孽啊！这一生都摆脱不了他了，这叫作什么处罚啊！这个家终于有当家做主的人了！感谢上帝！他会很注重这个家的名誉的，甚至比你还要注重！

埃斯特万　雷蒙达！

雷蒙达　怎么？同样的问题我也要问问你了。在我面前，你不是很厉害吗！

埃斯特万　是，你说得没错。我不是人，理应受到惩处，把这件事了结了。

鲁维奥　老爷！

埃斯特万　走开！你赶紧走！算我求求你了，行吗？需要我跪下来吗？

雷蒙达　唉！

鲁维奥　不需要，老爷。您不需要这样对我，我走。（对雷蒙达）正是因为我，那个人才会死，可是您的女儿可能就保不住了。现在，她在您的面前像个受到惊吓的孩子。这场灾难已经发生了，无法挽回了。她已经恢复了神智，原本我可以当个医生的。您应该对我表示感谢才对，我这么说，您可以明白吧！（退下）

第九场

（雷蒙达和埃斯特万）

埃斯特万　别哭了，我不想看到你流泪，为我这样的人掉眼泪不值。我应该一直待在外面，最好死在野外，或者像只野兽一样被人抓到，因为我不会抗争。可是，你也不用再多说什么了。所有你想说的，我都已经想过了，也许比你想得还要多。我不停地叫自己凶手、杀人犯。不要管我了，让我自生自灭吧，我已经不属于这个家了。我要在这里等着法院的人来。我已经坚持不下去了，我太累了，我不会去投案自首的。如果你嫌弃我，我就出去，毫无尊严地死掉算了。

雷蒙达 你知道你如果投案自首的话会有什么后果吗？首先这个家就会被你给毁了，其次我女儿的名声也会被你毁了，这还不算，人们还会整天念叨这件事。现在只能由我来审判你，你也不能想到其他人！你觉得我会因为没有亲眼看到你的眼泪，对你现在的眼泪，我就不会质疑吗？自从你有了歪心思以后，就应该把眼睛哭瞎，那样就看不到不该看的了。你不要哭了，再哭下去我都不知如何是好了。无论是谁看到我现在站在你面前的样子，都会质疑我所遇到的事，我也不知道将来会有什么等着我。对于过去发生的一切，我也不想回忆，只想着把我家的羞辱遮盖住，只想着不要让人家议论我们家，不想让别人说我们家出了个杀人犯，而且还是我女儿的第二个爸爸。这座房子曾经住着我的父母兄弟，他们都是天性善良、耿直的人。曾经住在这里的男人要么效忠于国家，要么娶妻成亲或者另有一番作为。等他们再回来的时候，脸上都写满了自豪，就像他们当初离开时一样。不要再哭了，把脸露出来，如果有人来打听，你就应该淡定一点儿，像我一样装作没事人一样。即便家中发生了火灾，也不能让烟跑到外边。把眼睛擦一下吧，也许都有血流出来了！喝点儿水吧，那不会把你毒死的。慢一点儿喝，你看你全身都汗涔涔的，衣服也被草刺破了，几乎像被刀划过！太恐怖了，过来，我帮你洗洗。

埃斯特万 雷蒙达，亲爱的雷蒙达，你就行行好吧！你完全被蒙在鼓里，我也无力再为自己辩解什么了。可是我却想让你知道所有事情，就像死前忏悔一样，坦白地告诉你所有事情。我这段时间都经历了什么，你永远都不会知道。似乎我无时无刻不在和一个力气比我大，非要把我带到一个很恐怖的地方去的人做斗争。

雷蒙达　为什么你的想法会那么恐怖，你是什么时候开始有这种想法的？

埃斯特万　我也不清楚。似乎突然之间被什么妖魔鬼怪附体了一样，我想我们每个人都会在某一刻产生某种邪恶的想法，只是转瞬即逝，并没有保存在记忆中。我还记得小时候，父亲有一次对我打骂得很厉害，我的脑子里当时就闪过这样一个念头："希望他离开这个世界。"可是，那只是想想而已，这种想法刚出现在我的脑海里，马上一股伤心涌上心头，害怕上帝真的会带走他。后来，等我长大以后，我的父亲真的被上帝带走了，我哭得很伤心，不仅仅是因为他，也因为自己曾经产生过的那个邪恶的想法。因此，我以为这次也是如此。可是，这次的邪念却非常执拗，我越是和它抗争，它的反抗就越是激烈。你不能否定我对你的爱，事实上，我比以前更爱你了。你也不能说我喜欢过别的女人，我从来都不敢直视她。可是，只要感觉到她的存在，我就控制不住我自己。只要我们坐在一起吃饭，我都强制性要求自己，不要去看她。可是，无论我看向哪里，她都会出现在我的眼前。到了晚上，明明紧紧挨着我的人是你，可是，我总觉得，陪着我的人是她，我似乎可以感受到她的呼吸。我也曾经向上帝祷告。我甚至开始自虐，我真恨不得杀了我自己，同时也杀了她。我也不明白我到底是怎么了。少有的几次，我和她独处，我却比过街的老鼠跑得还快。我真的不知道，如果不跑的话，后果会是什么样的，是亲吻她，还是杀了她。

雷蒙达　上帝，你也是无意识的，而且一定会有人死。假如她早早嫁出去了，假如你同意她和诺尔维尔托成亲……

埃斯特万 问题不在于她是不是出嫁，而是她要离开我，我的生活里就再也没有她了。她一直很恨我，根本都没有正眼看过我。我很伤心她一直都鄙视我，可是这一切反倒可以让我舒舒服服地活着。我要对你说的就是这些。可以这么说，我直到现在才真正察觉。之前我一直觉得是另外一回事呢。可是，事实已经这样了，即便你愿意宽恕我，我也不会原谅我自己。

雷蒙达 现在我是不是原谅你并不是问题的关键，我承认，我一开始的确非常气愤。可是现在，我也不知道我是怎么想的了。我压根儿想象不出来，这样的坏事是你做出来的。因为一直以来我都目睹你对我，对我女儿，对下人和身边其他所有的人都很好，而且，你还肯做事，对这个家庭也很负责。你一直都是一个好人，我想不通怎么突然之间就变得那么残暴了呢。可这一切却不容我质疑，我现在都不知道如何是好了……只要一想到这些，我就觉得后背发凉。我听我那已经过世的妈妈无数次说起过。可是我们都对她的话一笑置之，从来没有放在心上。实际上，她成功预测了很多事情。死人是不会置我们这些活人于不顾的。他们被埋葬时，原以为他们会从此远离我们，事实上不是这样的，他们整日整夜地在他们生前爱过和恨过的人身边守护着。因此，那些让人意想不到的事情才会经常出现在我们的脑海里。

埃斯特万 那你觉得……

雷蒙达 这是处罚，我让我的女儿有了第二个爸爸，我之前的丈夫是不会原谅我的。人世间原本就有很多谜团。就像你之前那么好的一个人，竟然也会变成现在这样，真让人难以置信！

埃斯特万 是的，我一直都是个好人。我很欣慰听到你这么说。

雷蒙达 小点儿声，你听，似乎后门来人了。也许是诺尔维尔托的父亲带人来了。如果是法院的人的话，会从这边走。你赶紧去里面收拾一下，不要让人看到你像一个……我出去看看。

埃斯特万　你想说和一个罪犯无异，是吗？

雷蒙达　没，没有，埃斯特万，我们为什么要让对方难堪呢？现在的第一要务就是把人们的嘴堵住，之后再从长计议。我的想法是，让阿卡西娅去恩希纳尔和修女们一起待几天。她在她们那里很受欢迎，她们还一直打探她的消息呢。之后写封信给阿德拉达的嫂子欧赫尼娅，她也很喜欢她，就让她去那里。也许她可以在那边找到合适的人，会遇到条件匹配的小伙子。在这儿她原本就非常引人注目。结婚以后她还可以回来住，之后养育下一代，我们也可以当上外公外婆。等我们年纪大了，可能这个家会重新回到之前快乐的状态。如果不是……

埃斯特万　如果不是什么？

雷蒙达　如果不是……

埃斯特万　你说那个被杀了的人。

雷蒙达　没错，他将一直萦绕在我们中间。

埃斯特万　是的，永远不会。我们可以忘记所有事情，唯独不能忘记这件事情。（退下）

第十场

（雷蒙达和阿卡西娅）

雷蒙达　阿卡西娅！我的孩子，是你啊！

阿卡西娅　是我，我一早就待在这儿了。诺尔维尔托的爸爸和他的下人们一块儿来了。

雷蒙达 他说什么了？

阿卡西娅 似乎没什么事。知道他很安全……他们在等法医。法医去处理索蒂约的一个案子了，不久就到这儿来。

雷蒙达 我们还是过去吧。

阿卡西娅 妈妈，我想先和您谈谈。

雷蒙达 你要和我谈？真是太奇怪了！你不是一直信奉沉默是金吗？怎么了？

阿卡西娅 我知道，您已经给我设计好了出路。

雷蒙达 你一直在旁边偷听？

阿卡西娅 这样的习惯我可没有。可是，今天就算是吧，因为我听到你们说我了。也就是说，我才是这个家不受欢迎的人。没罪的人倒要接受处罚，有罪的人倒可以躲得远远的了。而这一切都只有一个目的，那就是你们能一起过开心的日子。您完全原谅他了，我倒成了你们的绊脚石，在这个家待不下去了。

雷蒙达 你在说什么呀？谁不让你住这儿了？谁想把你赶出去？

阿卡西娅 您还记得您刚才说的话吗？您要让我一辈子都在恩希纳尔修道院待着。

雷蒙达 我真没想到这样的话是从你的嘴里说出来的。这不是你之前跟我说的吗？说你想去和修女们一块儿待几天。不是因为我担心你在那里住得不习惯，我才一直没有同意吗？而欧赫尼娅舅妈，不是你几次三番地请求我，想要去她那里的吗？而现在，为了我们所有人，为了这个家，也是你的家，你自己的家，我们都需要挺直脊梁、昂首阔步地走出去……你什么意思？难道要我出去揭发你父亲吗？

阿卡西娅 您也想和胡莉亚娜一样，想说我是罪人吗？

雷蒙达 我没说。我只知道，就是因为你自始至终没有把他当作你的父亲，所以他就一直没有把你当他的女儿。

阿卡西娅 他把我当成那样，是我的责任吗？他去杀福斯蒂诺，也是我的责任吗？

雷蒙达 闭嘴！那边会听见的！

阿卡西娅 您的美好愿望会落空的。假如您选择隐藏真相，包庇那个人，那我就去法院揭发，把他的罪行公之于众。我会放弃我的名誉。对于从来都没有过高尚品质的人的名誉，我是不屑于维护的，因为他就只有一重身份，那就是杀人凶手。

雷蒙达 不要再说了，孩子，求求你停下来吧！你的话让我感到害怕！我差点儿就原谅他了，可是我没想到，你恨他恨得这么深？

阿卡西娅 是，我恨他，我没有一刻不在恨他，他心里比谁都清楚。如果他不想我出去揭发他，就先杀了我。看您到时候还会不会对他有爱意！

雷蒙达 不要说了，孩子，停下来吧！

第十一场

（雷蒙达、埃斯特万、阿卡西娅）

雷蒙达 埃斯特万！你说。

埃斯特万 她说得没错，没错！她不应该离开这个家，如果她想把我送上法庭，我也没有怨言。我去自首！请放心，我会主动去找他们的，不用等他们来找我。雷蒙达，你让我走吧！你把你的女儿保护好！我知道你不会一直记恨我的，可是我知道她会的，她不会原谅我的！

雷蒙达 不要，埃斯特万，我的埃斯特万！

埃斯特万 你放我走吧，放我离开吧。要不然你就让我当着诺尔维尔托的父亲的面，坦白一切。

雷蒙达 孩子，你看到了吧。他之所以这样，都是因为你。埃斯特万，我的埃斯特万！

阿卡西娅 妈妈，不要让他走！

雷蒙达 你说什么？

埃斯特万 你是想亲自揭发我的罪行吗？你就恨我恨得那么深？你从来都没有叫过我爸爸，你知不知道，我是多么爱你啊！

阿卡西娅 妈妈……妈妈！

埃斯特万 让你变成一个不吉利的姑娘并不是我一手筹划的，可是我之前确实很爱你啊！

雷蒙达 就算到现在，你依然不愿意叫他一声爸爸吗，孩子？

埃斯特万 她会恨我一辈子的。

雷蒙达 孩子，你不会再恨他了，对吧？快去和他拥抱一下，叫他一声爸爸，这样即便是不幸去世的人都不会再记恨我们，反倒会为我们感到高兴。

埃斯特万 孩子！

阿卡西娅 埃斯特万！上帝，埃斯特万！

埃斯特万 什么？

雷蒙达 你叫他爸爸呀！啊，她晕了？啊！嘴对嘴，你还抱他？滚，滚开，难怪你不叫他爸爸，现在我才明白其中的缘由！原来真正的祸害是你，你怎么不去死！

阿卡西娅　是的。您可以把我杀了！可我是真心爱他的！

埃斯特万　啊！

雷蒙达　你说什么，你说什么？我要把你杀了！该死的女人！

埃斯特万　你不要过来！

阿卡西娅　救救我啊！

埃斯特万　你听到了吗，不要过来！

雷蒙达　啊！好啊！你们终于把面具撕下来了！这样我就算是死了，也瞑目了。来人啊！快来人啊！凶手在这里，快抓住他！抓住那个女人，她已经不是我的女儿了！

阿卡西娅　你赶紧逃吧，赶紧逃啊！

埃斯特万　不，我要陪在你身边，我不要和你分开，即便是下地狱！不管爱你会得到什么样的报应，我都接受！我们一起走，就让他们到野外来抓我们吧！我会爱你，陪在你身边保护你，我会变得无比凶残，逮着谁就咬谁！

雷蒙达　来人啊，来人啊！快抓凶手啊，凶手就在这里！

（鲁维奥、贝尔纳维、胡莉亚娜和村民都纷纷上台）

埃斯特万　走开，想活命就走远点儿！

雷蒙达　你跑不了了，快把凶手抓起来！

埃斯特万　走开，你没听到吗？

雷蒙达　除非你杀了我，要不然你别想从这里出去。

埃斯特万　我并不想这么做，是你逼我的！（用猎枪把雷蒙达打伤了）

雷蒙达　啊！

胡莉亚娜　上帝啊！雷蒙达！阿卡西娅！

鲁维奥　您这是在做什么，在做什么呀？

村民　打死他！

埃斯特万　你们打死我吧，我不会反抗的。

贝尔纳维　不行，把他交到法院去！

胡莉亚娜　那个人，那个坏蛋！雷蒙达，他杀了她！雷蒙达，你听见了吗？

雷蒙达　我听见了，胡莉亚娜，我听见了！我要先忏悔才能死！我还不会死！你看，流了好多血！可是，没事，为了我的女儿，我认了！

胡莉亚娜　阿卡西娅，你在吗？

阿卡西娅　妈妈！

雷蒙达　啊，万幸，你也会为我流眼泪，我还以为你不会了！

阿卡西娅　妈妈，妈妈，您是我的妈妈呀！

胡莉亚娜　她快不行了，快不行了！雷蒙达，阿卡西娅！

阿卡西娅　妈妈，您是我的妈妈！

雷蒙达　你不会再被那个坏蛋所伤了！孩子，你脱险了！这血，就如同主的血，是会救人于危难之间的，是神圣的！

[幕落]

利害关系

本剧主要人物

堂娜赛丽娜   阿尔莱金

西尔维娅   上尉

波利奇内拉太太   潘塔隆

科隆比纳   客店老板

劳拉   文书

里塞拉   客店伙计甲

莱安德鲁   客店伙计乙

克里斯平   法警甲

法官

法警乙

波利奇内拉

这个故事发生在 17 世纪初，是有关虚构国度的。

第一幕

舞台前面是短幕，里面有挂着帘子的门。

下面的朗诵是由剧中人物完成的。

克里斯平　一部古典喜剧马上就要在这里上演。古典喜剧曾经在乡村旅店让路人得到短暂的休息，曾经在偏僻的小镇广场让那些见识浅薄的乡巴佬儿陶醉其中。哪怕是在人口云集的大城市，古典喜剧仍得到了各色各样的人的关注。打比方说，上演于巴黎新桥桥头的舞台上的《塔巴林》，就让不少观众慕名前来。当喜剧诙谐的台词响在气宇轩昂的学者的耳畔时，他会让马停下来，并将一直凝神思考的严肃事情先放到一边，眉头舒展开来。老在市井闲逛的无赖地痞，即便再饿，听到人们的欢声笑语也会暂时忘记。在舞台前面，那些教士、贵妇人、贵族、少女、军官、商人和学生，这些不管在什么场合下都不可能坐到一起的身份各异的人，却共同沐浴在欢乐的海洋中。他们一直笑个不停，可是很大程度上却不是因为喜剧本身，而是因为爱笑之人感染了一本正经的人，聪明人讥笑愚笨之人，因为看到紧皱眉头的富人欢笑，穷人也跟着欢笑；因为看到穷人欢笑，富人们觉得良心还算过得去也露出微笑。最能让人心灵相通的莫过于同享欢乐。那些王公贵族也会出于一时兴趣，让自己华丽的宫殿也出现喜剧的身影。哪怕在这样宏大的地方，喜剧的言行也没有任何收敛。因此，喜剧属于所有人，所有人都会因为喜剧感到快乐。喜剧把人们的智慧、讽刺和俗话糅合到一起，它能把那些在苦难中挣扎的人们的哲学反映出来。深陷于苦难中的人们因为习惯于容忍、退让，反倒变得大度。因为原本就没有指望人间可以给予自己什么，所以也就可以肆无忌惮地讥讽人世。经过文人的加工，喜剧的民间特点也就和那些仙女故事中的痴情王子没有区别了，像莎士比亚、莫里哀就引领灰姑娘到了神圣的艺术殿堂。本部戏剧并不是源于这么高超的笔法，只是一位当代诗人因为难以克制住高涨的激情而创作出来的，以娱乐大众。这部戏剧很可笑，情节也非常离奇，并不是来源于事实。大家不久就会发现，剧中讲的故事在现实中是不存在的，剧中人物的性格也比较单调，和纸质的玩偶有点儿像，可是穿插在玩偶中间的线索，哪怕身处于幽暗中，即便是视力最糟糕的人也可以看得很分明。这些人物是隶属意大利剧种中已经确定下来的可笑角色之中的，尽管明快度稍有欠缺，因为在历史的长河中，他们曾经仔细思索过。这样一个粗制滥造的喜剧并不是那么匹配当代文化素质非常高的观众朋友，所以，只好请求大家包容一些。作者的希冀是，大家在观看的同时，可以把自己童真的心灵唤醒。因为世界尽管已疲惫不堪，可是艺术却一直永葆春天，也不想矫揉造作，假装不堪一击……请看，这些历史悠久的喜剧丑角们正打算用离奇的举动，让大家的人生多一点儿快乐。

第一景

景：城市广场，客厅正面是右边前景，上面有一扇门，可随便开启，一个巨大的门环挂在门上，门的正上方有一块牌匾，上面写着"客店"。

第一场

（左边第二道幕走出莱安德鲁和克里斯平）

莱安德鲁　克里斯平，看这气势，这一定是座宏伟的城市！

克里斯平　不，是两座。希望我们能去那座好的吧！

莱安德鲁　两座，克里斯平？我懂了，一条河把一座古城和一座新城分开了是吧？

克里斯平　哪有什么新城、古城、河啊！不管在世界上的哪座城市，都可以找到这两座城，一座是富人们用来荒淫享乐的城市，另一座是庇护我们这类人的城市。

莱安德鲁　是啊，我们真是太幸运了，竟然能在不暴露的情况下，安全抵达这里。我现在想安定下来了，不想再过那种到处流浪的生活了。

克里斯平　我和你不一样，我原本就是个流浪之人，已经习惯了到处流浪的生活，我可不想在一个地方老死，除非是到了苦役船上面。苦役船上太没趣了，可是，人要懂得随遇而安，我觉得这座城和一个要塞太像了。我们应该像智慧的指挥官学习，先制订一个翔实的计划，再去把它攻打下来，你觉得怎么样？

莱安德鲁　不要异想天开了，现在可只有我们两个人啊！

克里斯平　有什么好怕的，我们是人，我们的对手不也是人吗？

莱安德鲁　我们只有两个脑袋。我知道你一定不愿意把我们身上的衣服卖掉，可是假如拼命吃喝，总不至于分文没有吧。

克里斯平　打死我我也不会把衣服卖掉，把皮剥掉卖了都行。你知道的，如今这个世道，最重要的就是衣着了，人家给你戴帽，也是由你的衣着决定的。

莱安德鲁　克里斯平，我们现在有什么办法呢？我累极了，肚子也咕咕直叫，一点儿精神也没有，脑子也不灵光了。

克里斯平　我们需要使点儿小计谋，脸皮变厚一点儿。光有计谋没有厚脸皮，一切都是徒劳的。我提议啊，你就假装显得自己很重要，尽量保持沉默，让人觉得你不好惹。而且你时不时还可以对我使用下武力。假如有人和你交谈，你要表现出让人捉摸不透的样子；假如是你主动找别人攀谈，你要严肃一点儿，让人觉得你是一个很讲诚信的人。你看你又年轻，长得又帅，这些资源你到现在都不用真是浪费了，现在是到了派上用场的时候了。你只管听我安排，不用担心。一个人身边有一个人不停地赞美他，这简直再好不过了，不是吗？我来跟你说说其中的缘由。人太谦卑了就变成了傻瓜，太自大了就变成了疯子，这两种性格都会坏事。人就和商品一样，商人推销的本事越高，商品的价格就越高。我可以肯定地说，即使你是块玻璃，我也会让你变成钻石。我们走吧，到这家客店去，在广场旁边先住下来。

莱安德鲁　你在胡说八道什么，住旅店？我们身上哪有钱？

克里斯平　假如胆子都像你这么小的话，我们就只有去找医院或福利院了。假如希望有人可怜我们，我们就去当乞丐；假如要冒险，我们就去打劫。我们如今这种情况，没有其他办法可想了。

莱安德鲁　我给这个城市的重要人物写了几封推荐信，也许他们能拉我们一把。

克里斯平　别异想天开了，把那些信撕掉吧，这种傻主意以后想都别想。我们不要想着依靠别人。你看他们今天对你很热情吧，跟你说"请便"，不要拘束；等第二天你再去时，一定会听到仆人这样说，主人有事出去了或者这个人从来没有在那里出现过；等到第三天你再去时，也许都没有人给你开门了。这个世道就是这样，你要想得到什么，就必须先给予什么，像商品货店、交换场所，一定要先给予才能得到。

莱安德鲁　我身上一分钱都没有，我能给予别人什么？

克里斯平　你也太小瞧你自己了吧！你这么个大男人怎么可能会身无所长呢？假如作为一名军人，可以凭借自己的英勇获得胜利；假如做情人或丈夫，就可以用美好的话语化解贵妇或少女心里隐藏的愁苦；还可以给看上你的有权有势的人干活儿，尽可能获得对方的信任。真是多得数不胜数，我就不一一列举了。如果可以往上爬，可以利用一切当垫脚石。

莱安德鲁　可我连一块垫脚石都没有。

克里斯平　我的肩膀不就是你的一块垫脚石吗？你绝对可以成为万众瞩目的中心的。

莱安德鲁　要是我们俩一起摔倒了呢？

克里斯平　希望土地不要那么硬。（拍客店门环）喂，老板！喂，喂，老板！有人在吗？怎么没人理我们？这是什么破客店？

莱安德鲁　你开始喊不应该小点儿声吗？

克里斯平　没有让人这么等的，好吗？太让人生气了！（再次把声音拔高）来人哪！喂，喂，老板，人都去哪儿了？

客店老板　（在后台）谁呀？谁这么大声？稍微等一下不行吗？

克里斯平　还怎么等？难怪有人说，这破店就不是身份尊贵的人应该来的地方。

第二场

（从客店里走出来一个老板，后面还跟着两个伙计）

客店老板　（从客店走向外面）等等，我这儿可是旅馆，不是你所说的什么小店。这里住过不少大人物呢。

克里斯平　听你这么说，我倒是很想和这些大人物见见了。这破地方怎么可能有什么大人物造访，要是有也只是一些小人物。光看你这些伙计就够了，一个个面无表情像呆子一样，连贵贱都分不清楚。还不赶紧过来伺候？

客店老板　说难听点儿，您有些蛮不讲理！

莱安德鲁　我这个仆人就是太较真儿了，对我倒是忠贞不渝！可是也请您不要再说了，赶紧给我们主仆二人分别准备一间房吧，我觉得您这店还行，反正我们过几天就要走的。

客店老板　对不起，先生。您应该早点儿说……主人总是客气一些。

克里斯平　是我的主人心地善良，人又好说话，不管怎样都可以凑合，可是，只有我才知道我的主人需要什么，你们就不要多管闲事了。赶紧带我们到房间去看看！

客店老板　你们没带行李？

克里斯平　我们又不是学生、士兵什么的，还得拎大包小包的行李啊？你也不要想着我的主人的行李正在路上托运，实话跟您说吧，我的主人这次到这儿来，是有秘密任务在身的。

莱安德鲁　你就不能少说两句吗？这事也是随便说的吗？你看看……假如因为你这个大嘴巴而暴露了我的身份！……（把剑拿在手上，作势要打他）

克里斯平　救我，他真的会置我于死地的。（跑）

客店老板　（走到莱安德鲁和克里斯平之间）先生，请不要生气了！

莱安德鲁　可不能这么轻易就放过他，他嘴上实在没有把门的，这是我最无法容忍的。

客店老板　放过他吧，先生！

莱安德鲁　你不要劝我，我今天非得好好教训他不可，好让他下次注意点儿！（刚准备打的时候，克里斯平躲到了客店老板的后面，结果挨打的人变成了客店老板）

克里斯平　（叫唤着）哎呀，哎呀！

客店老板　哎呀，我才是那个应该叫的人啊，你又没挨打。

莱安德鲁　（对克里斯平）这都是你的错，让这个无辜的人受罪了。赶紧跟人家说对不起。

客店老板　不用了，我不会放在心上的。（对伙计）怎么还傻愣在这里？赶紧去把曼图亚大使经常住的那间屋子收拾一下，好让这位先生吃饭。

克里斯平　让我先去看看，假如他们太笨了，到最后受过的人还是我。你也见识了，我的这位主人不容许出现半点儿差错……我和你们一块儿去。伙计们……我的主人太难伺候了，谁也不敢说你们会有什么样的命运。（克里斯平和伙计一起走了进去）

客店老板　（对莱安德鲁）我可以知道您叫什么吗？从哪里来？

到这里有什么重要的事情吗?

莱安德鲁 (看到克里斯平走进客店)你去向我的仆人打听吧……可是你要记住一点,只能问你该问的……(走进客店)

克里斯平 胆子不小啊,竟敢向我的主人打听?假如你想让他继续待在这里的话,就请离他远一点儿。

客店老板 请原谅,我们必须依照指令行事。

克里斯平 不要在我的主人面前提什么指令。闭上你的臭嘴。要是你知道了我们的身份,你一定不会再说这些话了。

客店老板 可是就连……都不能告诉我吗?

克里斯平 真是要命……你还不清楚吗?一定要让我的主人来跟你说,哪些是你应该知道的,哪些是你不应该知道的?像我主人这样的人物最喜欢鸡蛋里挑骨头了,到时候假如出现什么意外,你后悔都来不及。真是太不看眼色了,你就一点儿都不会看人吗?还有什么好说的?赶紧走!赶紧走!(把老板推到客店里面去了)

第三场

(从第二道幕里走出阿尔莱金和上尉)

阿尔莱金 把这座城市转完以后,我觉得我们还是尽快回到这家客店去比较好,这是毋庸置疑的。人不可能不吃饭吧,这个习惯可真是要命!

上尉 我陶醉在您旋律优美的诗作中无法自拔!这样的特权只有诗人才享有。

阿尔莱金 希望诗人自此过上富有的生活。可是坦白来说,到这家客店去,我还有点儿发怵呢。希望您的宝剑还可以派上点儿用场,让我们还可以打白条。

上尉 现在的天下可是属于商人的,我的宝剑和您的灵感已经一点儿意义都没有了……我们现在也太窘迫了。

阿尔莱金 的确是这样。现在已经不流行赞美伟大业绩和高尚诗篇了,哪怕你想方设法去讨好那些权贵们,也是徒劳的。他们根本不在乎是讨好还是嘲笑,他们既不欣赏讨好,也不恐惧嘲笑。如果阿莱廷诺是当代人,也会死于饥饿。

上尉 那您说说看,我们现在是什么?就因为在最后的一场战争中,我们输了。可是,相比之下,说我们没有打败强大的敌人,还不如说我们之所以失败,就是因为那些商人统治阶层的缘故。因为这场战争是为了保卫他们的利益,所以士兵们明显士气低落。现在已经没有人愿意为别人的事情肝脑涂地了。而他们却都不想到前线去打仗,可是每次,他们都想用一个铜板获得巨额回报,而且还得马上付清。当看到战争胜利无望时,就宣布站到敌人那一边。到了如今这步田地,他们却将责任推到我们头上,斥责我们,讥讽我们,甚至还想把我们那些微薄的薪酬收回去。在他们看来,这些微薄的薪酬足以弥补我们流出的血汗。他们甚至还想遣散我们呢,要不是因为担心被他们奴役的民众会奋起反抗,他们早就这样做了。如果真有那么一天,我一定不会让他们好过的,当然前提是我们知道真理和正义的所在。

阿尔莱金 假如真的可以这样……我一定站在你们这边。

上尉 不管在什么事情上,诗人都是变幻不定的,因为你们的心就像蛋白石,射进来什么样的光线,就会反射出什么样的颜色。今天对新生的事物进行赞美,明天对死亡的事物进行赞扬。因为拥有凄凉的情感，所以你们更倾向于此。因为你们都太爱睡觉了，所以出现在你们眼前的经常是落日，而不是黎明的彩霞，相比晨光，你们对夕阳更加清楚，而不是晨光。

阿尔莱金 这样的人可不包括我。因为没有一个合适的地方睡觉，我个止一次看到过朝阳，我的处境太惨了，怎么能希望我像云雀一样去歌唱黎明呢？您想不想去碰碰运气呢？

上尉 好像也没有别的办法了。我们还是坐下来吧，看老板会如何对待我们。

阿尔莱金 喂！喂！有人吗？（朝客店喊道）

第四场

（走在前面的是客店老板，后面跟着客店伙计、莱安德鲁和克里斯平）

客店老板 啊，原来是你们啊！很不好意思，先生们，本店今天歇业了。

上尉 为什么？

客店老板 你们还有脸问为什么？你们以为我店里的开支都不要钱吗？

上尉 哦，就因为这个？难道我们打白条，你就不相信我们了？不能打白条吗？

客店老板 你说得没错。我没想过要你们还钱，在你们二位身上，我已经付出不少了，还请二位到别的地方去吧！

阿尔莱金 你觉得钱在这个丑陋不堪的世界上就代表着一切吗？你得想想，正是因为我给贵店写过一首十四行诗，才让贵店的名声传了出去，贵店的清炖鹌鹑和野兔肉饼才一时间引起了轰动。当然，贵店的名声也得到过上尉先生的维护。如今这个世界是怎么了，什么都用金钱说话。

客店老板 我不想跟你们斗嘴！你这个诗人的诗和上尉的剑，我现在已经不需要了，可能他的剑会在其他地方派上用场吧。

上尉 看来我的剑真要派上用场了，那就是教训教训这个门缝里看人的混蛋！（用剑打客店老板）

客店老板 （大叫）你要做什么？打我？上帝啊，救命啊！

阿尔莱金 因为这下流东西生气不值当！

上尉 我要把这混蛋杀了。（用剑抽打）

客店老板 天哪！救命！

伙计甲、乙 （冲出客店）他们快要打死我们老板了！

客店老板 救我啊！

上尉 谁要是敢过来，我就连他一块儿杀了！

客店老板 你们为什么还不救我啊？

莱安德鲁 （和克里斯平一起从客店走出来）吵什么呀？

克里斯平 你们不知道我的主人住在这里吗？吵什么呀，别吵了！再吵我叫警察去了。

客店老板 完了，我怎么忘了，这里还住着一位贵人呢！

阿尔莱金 贵人？什么样的贵人？

客店老板 你敢问这个？你怕是不想活了吧？

上尉 先生，对不起，打扰您了，都怪这该死的老板……

客店老板 这怎么会是我的错呢，先生，都是因为这两个家伙脸皮太厚了……

上尉 竟然说我脸皮厚？我不要命了！今天，……

克里斯平　住手，上尉先生，如果您因为这家伙蒙羞了，自会有人帮您主持公道的。

客店老板　您想一下，他们没掏一分钱，却在这里住了一个多月，换作是谁都受不了吧。现在我不想再给他们提供服务了，您看他们倒恶人先告状了。

阿尔莱金　可不像你所说的那样，我一贯都是退一步海阔天空的。

克里斯平　这位军人你还是应该相信的！

阿尔莱金　尽管贵店的东西我没有吃过什么，可是我因为自信而写出的颂扬清炖鹌鹑和野兔肉饼的加长十四行诗，你们也不能随随便便就给抹杀了吧？

克里斯平　这两位尊贵的先生说得没错，不管是诗人，还是军人，我们都应该尊敬。

阿尔莱金　啊，先生，您可真伟大！

克里斯平　我其实不算什么，我的主人才非同一般呢，而且对诗人和士兵特别尊敬。

莱安德鲁　的确如此。

克里斯平　请您记好了，只要他在这个城里，他会负责你们的所有开销。

莱安德鲁　没错。

克里斯平　客店老板会热情地接待你们的。

客店老板　先生！

克里斯平　请你大方一些，即便是在梦中，像阿尔莱金先生这样的诗人都对你的鹌鹑、野兔肉饼念念不忘，你这样对他，错的就是你了……

阿尔莱金　您怎么知道我的名字？

克里斯平 不是我知道，是我的主人知道。试问古今哪个诗人是他不知道的，当然这个人得有资格被叫作诗人。

莱安德鲁 确实如此。

克里斯平 您的成就无人能及，阿尔莱金先生。我却没有想到您会在这里坐冷板凳……

客店老板 很对不起，先生，我一定遵照您的旨意，好好款待他们，可是还得请您做保证人……

上尉 先生，如果有什么我可以帮忙的……

克里斯平 很高兴认识您。尊敬的上尉，您的伟大成就只有这位优秀的诗人才有资格歌颂。

阿尔莱金 先生！

上尉 先生！

阿尔莱金 我的诗您读过吗？

克里斯平 当然，而且背得滚瓜烂熟。"柔弱的小手啊，爱时温润如玉，恨时斧钺刀枪"，这不就是您写的吗？

阿尔莱金 您刚刚说什么来着？

克里斯平 "柔弱的小手啊，爱时温润如玉，恨时斧钺刀枪。"

阿尔莱金 您确定？这不是我写的呀！

克里斯平 即便说这首诗的作者是您，您也受得起。而您，上尉，大家都知道您在军事上的卓越成就，在那场众人熟知的黑野战役中，您是不是只率领二十个人，就把红岩堡抢过来了？

上尉 您连这个都知道？

克里斯平 当然，我的耳朵都听得起茧子了，我的主人时不时就会拿出来说！只有二十个人，才二十个人啊，您冲在最前面，在城堡里面……砰、砰、砰，枪炮像闪电一样响起，火球纵横四野……

而士兵们，紧密地团结在一起，和您一起奋勇向前。城堡里的人们……砰、砰、砰！战鼓……咚、咚、咚！军号……嘀嘀、嘀嘀、嘀嘀！而你们手里只有长剑，甚至您手里都没有剑，咔、咔、咔！……在左边砍下一颗头，在右边砍掉一条胳膊……（边说边做出挥剑的样子，客店老板和伙计都遭了殃）

伙计甲、乙　哎呀，哎呀！

客店老板　停下来，您有些得意忘形了，说得跟真的一样！

克里斯平　你说什么，我怎么得意忘形了？一直以来，我都拥有高尚的情怀。

上尉　似乎当时您就在现场一样。

克里斯平　我的主人很形象地给我描绘过这些以后，我就像到了现场一样。你们对一位英雄、一位真正的军人的态度竟然如此之差！……噢！幸好我主人在这儿。他会帮您主持公道的……具有卓越天赋的诗人和军功显赫的将领。（对客店伙计）赶紧的，还傻愣愣地站在那里干什么！还不赶紧拿好吃好喝的供着，当然，一瓶好酒是少不了的，我的主人要和这两位好好喝一杯，他会很……还愣着干吗，赶紧去啊。

客店老板　是，是，这个灾星怎么就阴魂不散呢！（和两个伙计一起走到客店里面去了）

阿尔莱金　啊，先生！我真不知道要如何感谢……

上尉　要如何回报……

克里斯平　以后可不要再说什么回报不回报了，我的主人会因此脸上无光的，很多王公贵族他都招待过，这是他觉得最骄傲的事。

莱安德鲁　确实是这样！

克里斯平　我主人一向都很沉默，可你们都知道，他只要开口说话，一定会意味深长，让人如梦初醒。

阿尔莱金　一举一动之间都透露着高贵。

上尉　您是不知道，我们太欣慰了，有机会遇到您这样的伟人，还这么看得起我们。

克里斯平　区区小事，不足挂齿。我的主人还会给你们提供更大的帮助，他会让你们走向更好的未来的，他是什么样的人，我再清楚不过了……

莱安德鲁　（转身对克里斯平）你在这儿乱说什么，克里斯平……

克里斯平　我的主人是个很实诚的人，喜欢用行动来表达。

客店老板　（带领端着酒菜的伙计出来，开始收拾桌子）酒和饭菜……请享用吧。

克里斯平　随便吃吧，敞开喝，有什么需要，你们只管提，一切包在我的主人身上。这位老板一定不敢再对你们不敬了。

客店老板　当然，可是，您要知道……

克里斯平　我现在不想听您啰唆，要不然我又要开始长篇大论了。

上尉　为了您的健康，干杯！

莱安德鲁　先生们，为了你们的健康！为最杰出的诗人和最英勇的军人，干杯！

阿尔莱金　为这尊贵的先生，干杯！

上尉　为这慷慨的先生，干杯！

克里斯平　很抱歉，我也为尊贵的客人、高贵的主人、忠心不贰的奴仆的有幸相识而干杯……不好意思，你们知道，我主人还有很多公务要处理，他不方便一直待在这儿。

莱安德鲁　是的。

克里斯平　你们会每天来慰问我的主人的，是吧？

阿尔莱金　我什么时候都可以。我还要和我的诗人、乐师朋友一起给他唱歌、奏乐。

上尉　我一定把我的所有部下都叫过来，好好庆祝一下。

莱安德鲁　我可是个谦逊的人……

克里斯平　多吃点儿，再喝一杯……赶紧！给这两位先生倒酒夹菜……（侧身对着上尉）我们之间……我猜想你们应该很缺钱吧？

上尉　这实在是不好意思说出口。

克里斯平　不用说啦！（对客店老板）喂，过来！给这两位先生四五十埃斯库多①，这是我主人的吩咐。可不要不把我们的话放在心上，赶紧去准备吧！

客店老板　好的！您说四五十埃斯库多吗？

克里斯平　那就六十吧……先生们，请慢用！

上尉　最高贵的绅士万岁！

阿尔莱金　万岁！

克里斯平　太没礼貌了，赶紧喊"万岁"啊！

客店老板、伙计　万岁！

克里斯平　尊贵的诗人、英勇的军人万岁！

众人　万岁！

莱安德鲁　（转过身对着克里斯平）你在耍什么花招儿？克里斯平，我们现在要怎么离开这里？

克里斯平　怎么来的就怎么离开呗。你都看到了，诗人和军人都已经上当了……大胆一点儿，我们接着让世界臣服在我们脚下吧！

（众人彼此致敬。莱安德鲁和克里斯平从左侧第二道幕退下。上尉和诗人准备享用美味的烤肉）

----

①埃斯库多：货币单位，在葡萄牙语中是"盾"的意思。

第二景

景：花园作为背景，园中有一阁楼。左前景有一扇可以随意开启的门。时间是晚上。

第一场

（从阁楼中走出堂娜赛丽娜和科隆比纳）

堂娜赛丽娜　科隆比纳，我快要气死了！那些龌龊的小人竟然敢拿一个贵妇开玩笑！你竟然有胆量把这话告诉我？

科隆比纳　我觉得您需要知道。

堂娜赛丽娜　真想一死了之！所有人都在这么说吗？

科隆比纳　没错……裁缝说，要他送衣服过来可以，您必须先把赊账还了。

堂娜赛丽娜　混蛋！真是个过河拆桥的混蛋！他之所以可以在这座城市声名鹊起，都是拜我所赐。正是因为我向他定做衣服，他才知道女装是怎么回事。

科隆比纳　还有厨师、乐师、仆役的口径都和裁缝一致，说如果不给他们付钱，今晚的聚会他们就听之任之了。

堂娜赛丽娜　这群混蛋，真是反了他们了，天生就只能去当奴才。怎么现在金钱当道吗？什么都要进行交易才行吗？像我这种没什么凭借的女人生活在这样的社会真的是太惨了……一个没有任何庇护的女人，无论是尊贵的，还是友好的，都太渺小了。果然是人心叵测、世事难以捉摸啊！一定是灾星来了！

科隆比纳　我还是头一次看到您这么沮丧，不要失望，过去我们不是也遇到过很多灾难吗，您不都跨过去了吗？

堂娜赛丽娜　今时不同往日了，科隆比纳。我已经不复从前的年轻貌美，要知道当年的权贵人物都是被我的美貌所折服的。

科隆比纳　您要相信，您现在的美丽比从前更胜一分，而且更加成熟，您现在为人处世的经验要丰富多了呀！

堂娜赛丽娜　不要光说些好听的了！年轻的堂娜赛丽娜都不知愁为何物。

科隆比纳　您是说您的年龄吗？

堂娜赛丽娜　你究竟在想什么呀？你现在还小，还不知道年龄有多么宝贵，我说的话你肯定会怀疑，我一个人，只有当我身为侄女的女仆时，我才确实得到过庇护。你当时怎么会迷恋那个一无所有的阿尔莱金，我真是搞不懂，他除了会瞎编几首歪诗，还会干什么，你真是白白浪费了你的大好青春，假如当初你可以把自己的条件更好地加以利用，不管怎样，我们的处境都要比现在好。

科隆比纳　您觉得呢？我还年轻，想好好体会一下爱到底是什么感觉，想知道感情到底会如何折磨人。毕竟我还没有二十岁呢，我会爱护自己的。我很清醒，我可从来没有想过要和阿尔莱金结婚。

堂娜赛丽娜　对于你说的这些话，我持保留意见，你太肆无忌惮，太喜欢异想天开了。还是先好好想想，眼前这个难关要如何渡过吧。这些客人可都是有头有脸的人物，特别是波利奇内拉、他的太太和千金，你知道有很多人都已经开始觊觎这位千金了，她的嫁妆很是丰厚，她父亲的大部分财产她都会继承过来，因此每个人都对她露出垂涎的目光。但不管最后她嫁给谁，都必须找我帮忙，因此我得到的回报也是非常丰厚的。为了保险起见，我让他们每个人都给我写了一份保证书，没办法，我和波利奇内拉夫妇感情太好了。像我们这种血统上有污物的贵族，想要累积一点儿财产，也只能凭借这个了，天知道……要是有一天哪个阔佬儿对你一见钟情，也许这个家还可以拥有曾经的辉煌，遗憾的是，那帮小人太欺负人了，无法想象这个晚会会成什么样子……如果无法举办的话，我就完蛋了。

科隆比纳　不用太担心了，我们并不缺少接待客人的东西。还有乐师、仆役，而阿尔莱金先生不管怎么说也是个诗人，他会有办法的，而且他爱我，不得付出点儿什么吗？到时候他认识的地痞无赖也许会助我们一臂之力的。您就等着瞧吧，您的客人一定会很尽兴的，您也会度过一个愉快的夜晚。

堂娜赛丽娜　哦，科隆比纳！假如真的像你所说的那样，我就太爱你了！别磨蹭了，赶紧去找你的诗人吧……

科隆比纳　我的诗人？他不就在花园边上走来走去吗？一定是在等我过去……

堂娜赛丽娜　我不想让他看到我，也不想低下我尊贵的头颅……那就拜托你了，我会感谢你的，只要晚会上什么都有，我们很快就会摆脱艰难的日子……要不然我就不叫堂娜赛丽娜！

科隆比纳　您放心吧，您会心想事成的。（堂娜赛丽娜走到阁楼里）

第二场

（科隆比纳。接下来，从右面第二道幕里走出来的是克里斯平）

科隆比纳　（一边走向右边的第二道幕，一边喊道）阿尔莱金！阿尔莱金！（遇到克里斯平）阿尔莱金到哪儿去了？

克里斯平　不要担心，漂亮的科隆比纳，伟大诗人心仪的对象。您的爱人曾经在诗篇中对您的芳容进行过歌颂。可是，百闻不如一见，您真人要比传闻漂亮多了！

科隆比纳　您是诗人，还是只是假心假意地讨好？

克里斯平　尽管我才刚刚认识您的心上人，可是我们已经成了亲密无间的朋友，这都是因为我们志趣相投，也正因为如此，我才有机会和您见面，站在这里向您致意，这都是阿尔莱金先生对我们友情的信任啊。

科隆比纳　对于您的友情，我的爱情，阿尔莱金先生都应该选择相信，可是不要觉得所有事情的功劳都属于自己。要是相信男人的外表，那就太愚昧了，因为它太善变了，就和女人的心一样。

克里斯平　您的话让我觉得，相比您的美貌，您的话要更有分量。

科隆比纳　实在很抱歉，我必须在今晚的晚会开始前，和阿尔莱金先生见一面，而且……

克里斯平　不用啦。我是接到我主人的命令，专门来向您致意的。

科隆比纳　您的主人是谁？

克里斯平　他是尊贵、有权有势的绅士……很抱歉，我不能将他的名字告诉您。今晚堂娜赛丽娜的晚会，我的主人也会参加，到时您就可以看到他了。

科隆比纳　在晚会上！难道您不清楚……

克里斯平　我清楚，我的责任就是打听消息。我知道，你们遇到了点儿麻烦，可是不用担心，一切都不是问题，请放心吧。

科隆比纳　您怎么知道？

克里斯平　我向您保证，不管是美酒、美食、烟火、彩灯、乐师，还是歌手，我都会准备好，让今天的晚会会变成世界上最华丽的晚会……

科隆比纳 难道您是魔法师？

克里斯平 要不了多长时间，您就会了解我的。今天晚上，这里会齐聚那么多优秀的人，可都是上天的旨意，因此不要在意那些不值得一提的小事。我的主人知道，出席晚会的还有奇内拉先生的独生女儿、本城最优秀的待嫁姑娘、美丽的西尔维娅。我的主人想要赢得她的芳心，和她成亲，因此，对于堂娜赛丽娜的从旁协助，我们一定会给予丰厚的回报，当然，如果您也愿意给我们提供帮助的话，我们自然也不会亏待您。

科隆比纳 您不要再绕弯子了，您莽撞的行为已经对我造成了侮辱。

克里斯平 时间来不及了，那些礼数现在已经来不及讲究了。

科隆比纳 假如仆人可以代表主人的话……

克里斯平 您想多了。我的主人可是位非常优雅的绅士。我的鲁莽正好可以反衬出他的优雅，最尊贵的绅士也会因为生活中的一些现实困难而做一些很不体面的事，最尊贵的妇人也会因此做些卑微的工作。如果一个人的身上既有这种卑微，又有这种尊贵，那人世都会失去光彩。可是这个问题可以通过巧妙的办法加以解决，就是在两个人身上分别表现出原本在一个人身上汇集的优点，像我们主仆二人，既是一个整体，又彼此互补。希望一直是这样。我们每个人身上都有两面性，高尚、卑微兼而有之，高尚时通常希望做出一番光辉伟大的事情，卑微时则会破罐子破摔，把礼义廉耻都抛到脑后……所有问题的核心就是分开了这两者。如此一来，假如一个人干了龌龊的勾当，就会把罪行推到仆人头上。即便我们的生活再不济，我们总要在灵魂层面保持一点儿美好的感情。我们要觉得自己好于现实才行，要不然就会显得自轻了……现在您应该明白我的主人的为人了吧，他的德行几乎称得上十全十美。您也可以想象一下我的品行：卑微龌龊、成天谎话连篇，可是身为奴才，我却对主人忠贞不渝，宁愿把自己牺牲掉，也要成全主人那蒸蒸日上的事业，还有他那美好的情怀和理想主义的绅士风范，我身上最值得称道的地方就是忠诚。(后台有音乐声传来)

科隆比纳　这是什么音乐？

克里斯平　是一大群仆役和听差，是我的主人带来的；还有歌手和诗人团体，是阿尔莱金先生带来的；另外，还有举着火把的士兵队伍，是上尉带来的，场面一定会非常宏大……

科隆比纳　您的主人究竟是谁？竟然有这么大的能耐。我得迅速去向我的女主人汇报……

克里斯平　不用了，她已经来了。

第三场

(前场人物和从阁楼里出来的堂娜赛丽娜)

堂娜赛丽娜　这是什么情况，怎么一下来了这么多人？乐队是谁叫来的？

科隆比纳　不要再问了，今晚福星降临到我们这里了，今晚会有位大人物负责给您筹办晚会，刚刚他的仆人已经详细给我说明了情况。现在，我还不知道他是不是骗人的。可是，我相信那人一定是个非比寻常的人物……

堂娜赛丽娜　哦，你是说这一切都不是阿尔莱金的功劳啊……

科隆比纳　您先别问……这一切就像做梦一样……

克里斯平　堂娜赛丽娜，请允许我代我的主人向您表示问候！您是尊贵的夫人，他是高贵的绅士，你们的交往是在一个层次上的。因此，我必须在他到来之前先说明一下。对于您过去的那些丰功伟绩，我大致上了解了，我相信您是值得信赖的……可是，假如我全部说出来，就有点儿冒犯您了。这封信是我的主人亲笔签名的（把一封信交给她），假如对上面的提议，您可以加以考虑，他也会信守诺言的。

堂娜赛丽娜　信，诺言？……（默读）怎么！假如可以和那个姑娘成亲，先给我十万埃斯库多，等波利奇内拉先生去世后，再给我十万？胆子也太大了！竟然向一个贵妇人提出这样的意见，您最好先搞清楚我是什么人，这是哪里！

克里斯平　堂娜赛丽娜……请息怒！这里没有给您设置绊脚石的人。请您收好信……保守这个秘密。我的主人并未提出什么过分的要求，如果有任何会对您的声誉造成破坏的建议，您也不会接受……这真是太巧了，您知道爱神通常喜欢拿人开玩笑，而这，是我一个仆人单独谋划的。您依然是尊贵的夫人，我的主人依然是高贵的绅士。今天晚上，世界的中心就是您，客人都会簇拥在您的身旁，一起跳舞、聊天、互相奉承，还有精致的食物、动听的乐声和优美的舞姿，您的客人必定会对您极尽溢美之词……所有一切都会在顺利中进行。在晚会上，音乐的作用就是遮掩话语，话语的作用是遮掩心底的声音，生活就是这样的，对吗？宾客们最大的爱好不就是音乐、欢乐和美酒吗？看我的主人，多么具有绅士风度，他专门来向您致意来了。

第四场

(前场人物，从右边第二道幕走出来莱安德鲁、阿尔莱金和上尉)

莱安德鲁　堂娜赛丽娜，请允许我向您表达我对您的敬意。

堂娜赛丽娜　先生……

莱安德鲁　我想我的仆人已经把大致情况讲给您听了。

克里斯平　我的主人是个很真诚的人，说话有理有据，也很仰慕您。

阿尔莱金　非常会做人。

上尉　称得上完美。

阿尔莱金　人中龙凤。

上尉　优秀的诗人。

阿尔莱金　才干胜过统率大军的将领。

上尉　非常与众不同。

阿尔莱金　称得上是举世罕见的高贵绅士。

上尉　我的剑会一直为他服务。

阿尔莱金　我会用最华丽的辞藻歌颂他。

克里斯平　行了，行了，不要再对他那谦逊的本性进行侮辱了。原本他就是个羞涩的人，你们这样夸他，他会受不了的。

堂娜赛丽娜　被人拥护的人可以保持沉默。(在互相致意以后，一行人从右边前幕退出，对科隆比纳)科隆比纳，你怎么想?

科隆比纳　主仆二人反差太大了，一个温知谦恭，一个没脸没皮。

堂娜赛丽娜　事实上都可以派上用场，不是我天真烂漫不懂男人，就是福星降临，财神来了。

科隆比纳 确实是财神，您那么洞察世事，而在男人方面就更不用说了。

堂娜赛丽娜 里塞拉、劳拉，是最早一批到的客人吧……

科隆比纳 她们当然会到场，您夫和她们说说话，我想去看看这位绅士在做什么……（从右边前幕退出）

第五场

（堂娜赛丽娜、劳拉和里塞拉从右边第二道幕走出来）

堂娜赛丽娜 你们来了！我刚刚还在说你们怎么还没有来呢。

劳拉 我们来晚了吗？

堂娜赛丽娜 没有，只是太想你们了，即便你们是第一个来的，我也会觉得你们来得很晚。

里塞拉 为了来您这儿，我们可把另外两家的宴会都给推了。

劳拉 尽管有人已经提前告诉我们今晚宴会可能会不太顺利，还是不要来比较好。

堂娜赛丽娜 随她们怎么说吧，反正我会让今晚的宴会成为有史以来最好的。

里塞拉 如果不来，可会悔恨终生哦！

劳拉 您听说过那个新闻吗？

里塞拉 现在人们张口闭口都是那个话题。

劳拉 似乎还充满了神秘色彩呢。有人说是威尼斯的密使，也有人说是从法国来的。

里塞拉 还有人说是来给土耳其大公选婚配对象的。

劳拉 听说他非常英俊。

里塞拉 假如有机会能和他见一面……您真应该请他出席晚会。

堂娜赛丽娜 不用了，我根本不用请他，他已经来了，还是求着我接待的呢，你们不久就会见到他了。

劳拉 您所言属实？太好了，我们总算做对了一件事。

里塞拉 今晚我们应该会遭到不少女人的忌妒吧。

劳拉 所有人都想和他认识。

堂娜赛丽娜 我没有费任何周折就实现了愿望，他之所以到这儿来，是听说我这里有晚会。

里塞拉 一直以来您都是这样，贵人们到本地，都会先来拜访您的。

劳拉 我已经迫切想要看到他了……您赶紧带我们去吧，求您了。

里塞拉 是，我也等不及要见他了，您赶紧带我们去吧。

堂娜赛丽娜 很抱歉，我得先去接待波利奇内拉先生一家。可是，你们自己去找他也没事，不难找。

里塞拉 那行，我们自己去找吧，劳拉。

劳拉 我们走，里塞拉。这会儿还算清净，要不然一会儿都没有机会靠近了。（二人从右侧前幕后退出）

第六场

（堂娜赛丽娜，从第二道幕走出来波利奇内拉、波利奇内拉太太和西尔维娅）

堂娜赛丽娜 波利奇内拉先生，您来了啊！我刚还发愁，你会不会不来了呢。如果您不来的话，这晚会就开不下去了。

波利奇内拉 这怪不得我，都怪我妻子的衣服太多了，都不知道该穿什么。

波利奇内拉夫人 我无所谓，就是什么都得依着他……您看，我都快无法呼吸了，都怪他催我催得那么急。

堂娜赛丽娜 我认识您这么长时间，今天您是最漂亮的。

波利奇内拉 都已经穿成这样了，才戴了不到一半的首饰呢，如果她还有力气会把那些首饰都戴上的。

堂娜赛丽娜 自己凭劳动挣的钱为什么不能拿出去显摆？您最有资格这样做。

波利奇内拉太太 我时常跟他说在生活上不要亏待自己，多做点儿善事，难道不好吗？您看，他现在却要女儿和一个商人成亲。

堂娜赛丽娜 哎，波利奇内拉先生！您的千金完全有资格和一个远胜于商人的女婿成亲，我劝您再好好考虑考虑吧，为了您的宝贝女儿，不要让利益蒙蔽了双眼。您觉得呢，西尔维娅？

波利奇内拉 她完全陷进了那些言情小说、诗歌的旋涡，只想着找个小白脸儿，我可是不会同意的。

西尔维娅 只要你们觉得可以，我也觉得满意，你们说了算。

堂娜赛丽娜 讲得太好了。

波利奇内拉太太 你爸都钻到钱眼儿里去了。

波利奇内拉 不，现如今这世道，有钱才是王道，没有钱什么事都办不了。

堂娜赛丽娜 如果像您所说，那人品、才干、血统呢？

波利奇内拉 我再清楚不过了，用金钱可以把您说的这些都买过来，而且还不用花很高的代价，我自己就买到过不少。

堂娜赛丽娜 哎呀，波利奇内拉先生，您也太幽默了！我知道身为父亲的您非常和蔼，假如您的女儿和一位尊贵的绅士相爱的话，您一定会同意的，这可是用钱没办法买到的。

波利奇内拉 这句话您倒是说得没错。我宁愿付出一切，只要我的宝贝女儿好。

堂娜赛丽娜 甚至把所有财产都赔掉也愿意？

波利奇内拉 有很多方式可以表达爱心。假如要赔掉所有财产，我可以不择手段。不管要付出什么代价，我都在所不惜。

堂娜赛丽娜 我相信你一定可以搞好家业，哦，晚会已经开始了。西尔维娅，随我来吧。你的舞伴我可是精心给你准备的呢，等着看吧，她会风头无限的……（所有人一起走向前幕右边。波利奇内拉刚准备退出时，从同一边第二道幕走出来克里斯平，把他拦住了）

第七场

（克里斯平和波利奇内拉）

克里斯平 请等一下，波利奇内拉先生！

波利奇内拉 有人在叫我？是您吗？请问您找我什么事？

克里斯平 你真是太健忘了！不过这也正常，时间是遗忘的良药，假如我们脑海里全是一些不愉快的记忆，那么也就会更加彻底地遗忘了。当然时间可以充满快乐的色彩，也可以遮盖住丑陋的东西。波利奇内拉先生，当年我们认识的时候，您干的那些龌龊事用几块破布都遮盖不住。

波利奇内拉 你究竟是谁？你在哪里看到过我？

克里斯平　当时我年龄还不大，而你已经四十岁了。海上的丰功伟绩和征服土耳其人的荣耀，难道您都不记得了？当时在那条荣耀的船上，我们可共同战斗过。

波利奇内拉　你少胡扯！闭上你的嘴……

克里斯平　您是准备处治我，就像对付您在那不勒斯的第一个主人、在博隆尼亚的第一个妻子、在威尼斯遇到的那个犹太商人那样吗？

波利奇内拉　住嘴，原来是你，难怪你这么了解我，还准备一直说下去啊！

克里斯平　我还是和以前一样，可是，你如今的这个成就，我也可以做到……就如同你已经成功了一样。可是，今时不同往日，我可不会像你这么残暴，去做杀人放火的勾当。会杀人的人只有疯子、那些失恋的人和那些长年在破街烂巷中的穷困潦倒的人。

波利奇内拉　假如你是图钱，我们什么都好说，可是这里不适合说话……

克里斯平　为了钱就这么害怕，不值当吧。我只是想和以前一样，和你攀点儿交情。

波利奇内拉　那你想要我干吗？

克里斯平　不，我要好心好意地提醒您一句，我是在为您服务……（让他看向右侧前幕方向）看到那位年轻的绅士和您的女儿了吗？看他们多么快乐，看看您女儿，脸是不是红了？她肯定听到了什么好听的话，那个绅士风度十足的人就是我家的主人。

波利奇内拉　我可以肯定地说，你的主人绝对也是个混蛋，是个地痞无赖，就如同……

克里斯平　您是说……就如同我一样是吧？不，他要比我们危险得多，你看见没，他俊朗的外表、含情脉脉的双眼、温婉动听的声音，足以将所有女人都迷得神魂颠倒。我现在可以郑重地警告您，您要是不想后悔，就赶紧让您的女儿离他远一点儿，一辈子都不要再和他见面，听他说些阿谀奉承的话。

波利奇内拉 有你这样当仆人的吗？

克里斯平 这很奇怪吗？想想您自己当仆人时是什么样子的吧，直到现在，我对他还没有杀意呢！

波利奇内拉 你说得没错，主人的下场总是好不到哪儿去。你为什么要为我服务呢？

克里斯平 我想去往光明的顶峰，当初我们一起划船时，我就已经很清楚。当年因为我力大无穷，您曾经说过要我帮您划船，可能你还记得，现在时代不一样了，到了您帮我划船的时候了。因为人生就如同一艘前行的船，总要交替着划的。（从右侧第二道幕退出）

第八场

（从右侧前幕后走出波利奇内拉、堂娜赛丽娜、波利奇内拉太太、里塞拉和劳拉）

劳拉 只有堂娜赛丽娜才能举办这样的晚会。

里塞拉 今晚是最美好的一夜。

堂娜赛丽娜 更因为那位与众不同的绅士的驾到。

波利奇内拉 西尔维娅到哪儿去了？你是怎么照顾我女儿的？

堂娜赛丽娜 您别急，波利奇内拉先生，您的女儿有人陪伴，在我家您就放一百个心吧。

里塞拉 她现在可高兴呢。

劳拉 不断有人跟她说甜言蜜语。

里塞拉 还有连绵不断的情话。

波利奇内拉 假如你们是在说那位神秘的先生，那就不用说了，我没有兴趣听，给我马上……

堂娜赛丽娜 波利奇内拉先生！可是……

波利奇内拉 没有什么可是，我很明白自己现在在做什么。（从右边前幕后退出）

堂娜赛丽娜 这是怎么了？这会不会过激了？

波利奇内拉太太 你们都看到了吧，他之所以那么粗鲁地对待那位绅士，是已经打算好要让女儿和那些下流的商人成亲了，他是非要让我女儿这辈子生活在痛苦之中了。

堂娜赛丽娜 那怎么可以啊！……当妈的可要出来说句话啊……

波利奇内拉太太 你们看，他一定说什么话让那位绅士不高兴了，那位绅士已经把西尔维娅的手甩开了，他已经低头快步离开了。

劳拉 波利奇内拉先生好像在训斥您的女儿……

堂娜赛丽娜 赶紧，赶紧过去，不能放纵他。

里塞拉 我们终于懂了，波利奇内拉太太，看来您表面上很风光，可现实也不尽如人意啊。

波利奇内拉太太 这还不算最糟糕的，他甚至会对我使用武力。

劳拉 什么？您连这都不计较？

波利奇内拉太太 事后他会随意送我个东西，就算弥补自己的过错了。

堂娜赛丽娜 这已经算不错的了，有的丈夫任何表示都没有。（众人一起从右边前幕后退出）

第九场

(从第二道幕走出来莱安德鲁和克里斯平)

克里斯平　好难过啊！我还以为你会很高兴呢！

莱安德鲁　到现在为止，我伪装的还很好吧，可是我好像快要掩饰不住了，我越来越把握不住了。要不然我们还是赶紧离开这里吧，克里斯平。趁现在还没有暴露，我们赶紧逃吧！

克里斯平　如果我们一逃，马上就会暴露，如果暴露了，我们必然不会有好日子过。再加上这些人如此热情，我们一走了之岂不是太没有礼貌了。

莱安德鲁　克里斯平，不要再开玩笑了，我都快急死了。

克里斯平　你镇定一点儿！急什么呀，现在才到了我们发挥的时候。

莱安德鲁　我还在希望什么呢？爱她的样子，我装不出来。

克里斯平　你说这是什么原因？

莱安德鲁　那是因为我已经真正爱上了她，真的坠入爱河了。

克里斯平　你爱上了西尔维娅？那你在伤心什么？

莱安德鲁　四处流浪以后，我的心已经像一潭死水一样，我以为我这辈子都会心如止水了，可是太出乎意料了，我竟然会爱上她。想想之前人们面对我们时的愤怒的目光，连阳光都对我们极尽讽刺，还有土地也不能包容我们疲惫的身躯，所有的收获都不是通过正当途径得到的，到现在我还回味无穷呢。有一次，我好不容易可以休息一下，那段日子过得可真是提心吊胆。有生以来，那是我第一次感受到平静的休息，那天晚上，我忽然发现天空澄净，我想象着有一天我的心灵也会像这天空一样澄净，晚上，我还做梦了，乐开了花……现在我竟然又开始做梦了！可是，克里斯平，等天一亮，我们又得开始担惊受怕，生怕被抓进去……我不想因为自己的罪行而连累我心爱的姑娘。

克里斯平 可是这里的人确实很喜欢你啊，像堂娜赛丽娜，还有刚和我们结识的好友上尉和诗人，都非常看好你。就连那位只想着和贵族联姻的母亲——波利奇内拉太太，她也对你充满了赞许之情，她觉得你是她理想的女婿人选。可是波利奇内拉先生……

莱安德鲁 我觉得他在怀疑我们……像很早就和我们认识……

克里斯平 是的，我们很难骗到波利奇内拉先生。要想和这种老狐狸对抗，最好的方式就是提醒他不要受骗，向他表明自己的忠心，进而引诱他上当。

莱安德鲁 你说什么？

克里斯平 我就是这样告诉他的。事实上他一早就知道我是谁……在我跟他说你就是我的主人时，他一定会觉得：仆人什么样，主人一定也是什么样，这也无可厚非。而我就告诉他，让他的女儿远离你，以此对他的信任进行回应。

莱安德鲁 既然你都这样做了，那我还指望什么呢？

克里斯平 你脑袋怎么转不过弯来呢？我是有意这么做的，想让波利奇内拉先生想方设法不让他的女儿和你见面。

莱安德鲁 你为什么这么做？

克里斯平 我跟他这样说以后，他就成为我们一伙的了。你想一下，只要他不同意，他老婆一定会和他唱反调，而他的女儿呢，会爱你爱得更深。今天晚上，她一定会想办法躲避他父亲的视线，跑出来和你单独见面，这点儿我可以打包票。在无法达成自己的心愿时，这些骄傲自负的阔小姐通常会这么做。

　　莱安德鲁　可是，你应该清楚，我并不在乎波利奇内拉先生以及其他人对我的态度，我只是不想让她知道我是个龌龊的小人……在我爱的人面前，我不想说谎话。

　　克里斯平　好了，不要再这么天真了。我们已经没有退路了。只要我们稍有迟疑，我们就会迎来什么，这点儿你应该可以想象到。你都说你已经真的爱上那个姑娘了，相比假装爱上她，现在可好办多了。假如是假装爱上，你就难免心焦，到最后就会坏事，可是在恋爱这件事上，男人羞涩一点儿总是好的。因为男人羞涩了，就会反衬出女人的大胆。看，为了和你见一面，烂漫的西尔维娅已经小心翼翼地朝这边靠近了。我要走了。

　　莱安德鲁　西尔维娅来了？

　　克里斯平　喂，你小点儿声，不要吓到她！她过来后，你说话要谨慎点儿……少说……尽可能不要说话……多观察她，不要浪费了这动人的夜色和动听的旋律。

　　莱安德鲁　克里斯平，这是我的生命，不许你这么嘲笑我。

　　克里斯平　我怎么嘲笑你了呢？我知道一个人不可能始终匍匐前进。你去蓝天上飞行，我继续匍匐在地上。世界终归会为我们所有！

（从左边第二道幕退出）

第十场

（从右边前幕后走出莱安德鲁和西尔维娅,之后克里斯平也走了出来）

莱安德鲁　西尔维娅!

西尔维娅　是您,很抱歉,我没想到会在这里和你见面。

莱安德鲁　晚会上气氛太好了,我反倒觉得难过,所以就偷偷跑出来了。

西尔维娅　你也觉得难过吗?

莱安德鲁　为什么说"也"?难道你也在难过?

西尔维娅　我长这么大,这可是父亲第一次冲我发那么大的火。你能原谅他对你的冒犯吗?

莱安德鲁　我当然会原谅,且不要因为我而惹怒您的父亲了。他们可能都在等你,你赶紧回去吧,千万不要让他们发现我们在一起……

西尔维娅　是的,我们一起回去好吗?你看上去不太高兴啊!

莱安德鲁　不了,我就先待在这儿吧,我要安静地离开……我应该离你远一点儿。

西尔维娅　你说什么?你不是要在本地处理重要的事情吗?你不是要在这里待一段时间的吗?

莱安德鲁　不,不,我要赶紧离开,快速离开。

西尔维娅　这样说来……你刚才和我说的都不是真的?

莱安德鲁　不是真的……不是,一定不要觉得我是虚情假意的……我是真心实意。我一生只有这一次是真诚的,希望这个梦可以一直做下去。（远处有音乐传来。这个曲子一直响到落幕）

西尔维娅　阿尔莱金在唱歌……你怎么啦？怎么掉眼泪啦？是受到歌声的感染吗？为什么不把你的悲伤讲给我听呢？可能我可以安慰到你。

莱安德鲁　是我伤心的过往啊！在阿尔莱金的歌词里，藏着我伤心的过往。你听吧。

西尔维娅　很遗憾，在这里只能听到伴奏，听不太清楚歌词。你不会唱这首歌？它叫《心灵世界》，是对安静的夜晚进行歌唱的一首歌。您不会唱吗？

莱安德鲁　您可以唱给我听吗？

西尔维娅　风清月明的夜晚，在成对的情侣头顶上盖着。

夜空缓缓延伸，就好像婚礼的轻纱缓缓飘荡。

夏日灿烂的星空，就好像一块柔软的丝绒，

夜神用他那光亮的宝石装饰着。

花园黑漆漆的，看不出青绿赤红，

正是幽幽暗暗，让人觉得一片神秘。

树叶沙沙作响，花香缓缓飘拂。

而那爱情……反倒把泪的美好欲望激发出来了。

在哀愁中难过，在快乐间歌唱，

还有情侣在互相吐露心声，

似乎都是大不敬于神，

似乎在那祈祷中插进污言秽语。

你这安静的精灵，我如此爱你，

因为你的安静里蕴含着不可言说的意义，

代表着静静相爱死去的人的款款深情，

诉说着为爱而死而没有表明自己心声的人的心迹，

也帮我们这些依然活着的人们，

说出可能因为深深爱着却反倒藏在心底的秘密！

难道每次我在夜里听到的声音都不是来自你，

原本应该说"我爱你"，可是却变成了"永久之期"？

我的心灵之母亲！

似乎爱的泪光一样，

在夜空熠熠生辉的星光，

不就是你那双闪亮的眼睛吗？

跟我那心爱的姑娘说，

自你死去以后，

只有星光会亲吻我，

因为这一生我所爱的只有你一人。

莱安德鲁　我的心灵之母亲！

自从你离开这个世界以后，

只有星光会亲吻我，

因为这一生我所爱的只有你一人。

（两人安静地抱在一起，互相看着彼此）

克里斯平　（从左边第二道幕走出。旁白）

夜幕、诗句、情人的疯话……

这一切都产生了莫大的影响！

胜利好像在望！只要拼命往前冲。

谁能把我们打败？我们手中拥有爱！

（西尔维娅和莱安德鲁相拥着走向右边前面，而在他们后面悄悄跟着的，是克里斯平。幕缓缓落下）

[幕落]

第二幕

第三景

景：莱安德鲁家的客厅。

第一场

（从右侧过道走出克里斯平、上尉和阿尔莱金）

克里斯平　先生们，请进，请随便坐，不要拘束。我吩咐下人们端点儿吃的过来……哎！来人！

上尉　不用客气了。我们不吃。

阿尔莱金　我们已经知道了，我们是来跟你的主人表达我们的忠心的，我们愿意效劳于他。

上尉　居心叵测之人必定会遭到报应，这真是太难以让人相信了，如果被我抓到波利奇内拉先生……

阿尔莱金　在这方面，诗人的优势就显现出来了，我会用诗歌对他极尽嘲讽，畅快淋漓地骂他一通！我要写一首讽喻诗……真是太可恶了！

上尉　你说，你的主人竟然好好的？

克里斯平　我原本也以为他必死无疑了，要知道他可是遇到十几名剑客的突袭啊！幸亏他很聪明，再加上我不停地大叫！

阿尔莱金　就是昨天晚上发生的事吗？你的主人和西尔维娅在互诉衷肠的时候发生的事？

克里斯平　原本已经有人跟我的主人偷偷汇报了……可是，知道他的为人的人都知道，他不是个怕这怕那的人。

上尉　可是无论如何，你应该给他提个醒……

阿尔莱金　你应该让上尉陪着他。

克里斯平　你们知道，我的主人很厉害，他一个人没问题的。

上尉　你们把一个坏人活抓了回来，据说幕后主使是波利奇内拉，他想把你的主人杀掉……

克里斯平　除了他还会有谁？他的女儿和我的主人相爱，他是持反对态度的，他的一生只会把他道路上的阻碍都清除掉，在他女儿的婚事上也是一样，他只想按照自己的意愿给他的女儿找对象。他不是在短时间内就两次丧妻吗？他不是从亲朋好友那里得到了不少钱吗？这事人尽皆知，可不是我信口胡说的……波利奇内拉先生的财富确实羞辱了人类，亵渎了法律。像波利奇内拉先生这种恶棍，也只能在没脸没皮的人面前夸夸其谈。

阿尔莱金　说得没错，我要把这写成诗……当然不能把名字都暴露出来，因为这和写诗的意旨不符。

克里斯平　你的讽刺诗根本不会刺激到他。

上尉　就由我来处置这个老恶棍吧，只要我把他抓住了……可是，你们也清楚，他不可能会找上我。

克里斯平　连我的主人都对波利奇内拉这种畜生敬而远之。可是不管怎么样，他是西尔维娅的父亲。我们要让这件事在本城传遍，而且要让他同意他女儿的意志和感情。

阿尔莱金　我们不能放过恶人，爱情是最伟大的。

克里斯平　假如说我的主人是个德行很糟糕的人的话……可是，他应该觉得荣耀才对，我的主人看上了他的女儿。要知道，连王公贵族家的千金小姐，我主人都看不上……不少公主都因为他而尽干些傻事！……哦哦，看看谁来了？（望向右边第二道幕）啊，是科隆比纳！赶紧过来，美丽的科隆比纳，不要害羞！（科隆比纳走出）这里熟人可不少啊。我们都觉得你很棒，我用我们之间的友情保证，你一定会好好的。

第二场

（前场人物。从第二道幕，即过道，走出科隆比纳）

科隆比纳　堂娜赛丽娜派我来看看，你的主人现在怎么样了。今天早上，西尔维娅就到我们家来了，跟我的主人说了整件事情。她说，她只有和莱安德鲁先生成亲了，才会回她父亲的家，要不然她就一直待在我主人的家。

克里斯平　她确实是这样说的？啊，这姑娘太伟大了，不是一般的痴情啊！

阿尔莱金　假如他们顺利结婚了，我一定会写诗颂扬他们。

科隆比纳　西尔维娅很关心莱安德鲁的安危，她害怕他受了重伤……她听到击剑声和你的求救声以后，就昏迷了，直到天亮才醒过来。赶紧跟我说说莱安德鲁先生现在怎么样了，假如我不问清楚，她一定会寝食不安的，而且我的主人也放心不下。

　　克里斯平　那么就请你跟她说一声，我的主人没有任何问题，幸运女神保护着他呢。而他的致命伤是爱情……麻烦你跟她说……（看到莱安德鲁走过来）哦，我的主人来啦，你们想知道什么都可以问他。

第三场

（首场人物。从右边前幕后走出莱安德鲁）

　　上尉　（和莱安德鲁拥抱）我亲爱的朋友！

　　阿尔莱金　（和莱安德鲁拥抱）尊敬的先生！

　　科隆比纳　莱安德鲁先生！看到您好好的，我们真是太高兴了！

　　莱安德鲁　怎么？这个消息都传遍啦？

　　科隆比纳　全城人都知道了，这事现在已经成为人们热议的话题，人们都把矛头对准了波利奇内拉。

　　莱安德鲁　你们怎么看待这件事？

　　上尉　假如他还不同意你们的爱情！

　　科隆比纳　这些都没有意义。西尔维娅一直待在我的主人家，她说只有和您结婚，她才会走出去……

　　莱安德鲁　西尔维娅在你们那儿？那她父亲……

　　科隆比纳　她父亲还算识时务，没见人影啦！

　　上尉　他太高傲了，太目中无人了！

阿尔莱金 他总是想干吗就干吗，可是对爱情……

科隆比纳 他竟然会刺杀您！而且是用这么卑劣的手段！

克里斯平 一共十二个剑客，十二个啊……我一连数了好几次！

莱安德鲁 我就看到三四个吧。

克里斯平 我的主人这样说，是想低调一点儿……可是我看得很清楚！十二个，一共十二个，全副武装，都是不要命的。他可以活下来，真是太不可思议了！

科隆比纳 我想我还是先去给西尔维娅和我的主人报告好消息吧。

克里斯平 科隆比纳，我觉得您最好不要跟西尔维娅说。

科隆比纳 我的主人会计划好的，我的主人可看不住她，西尔维娅会马不停蹄地朝这里跑过来，她还以为你的主人命不久矣了呢。

克里斯平 你的主人是个考虑事情很周密的人。

上尉 既然帮不上什么忙，那我们还是走吧。现在的重点是让人们对波利奇内拉先生继续恨下去。

阿尔莱金 我们去把他的家砸了……鼓动全城的人都来攻击他……要让他明白，尽管直到现在为止，还没有一个人敢公然和他叫嚣，可是只要大家齐心合力，就有这个胆量啦。众人的信念和力量是不容小觑的，这点得让他清楚。

科隆比纳 到时候他会主动来跟您说情的。

克里斯平 你们快走吧，朋友们。你们知道，我的主人现在依然不安全……想刺杀他的人一定还会再来的。

上尉 不用担心……我尊敬的朋友！

阿尔莱金 尊敬的先生！

科隆比纳 英勇的莱安德鲁先生！

莱安德鲁 感谢我最亲爱的朋友们，你们太忠心了。（所有人都

从右边第二道幕退出，除了莱安德鲁和克里斯平以外)

第四场

(莱安德鲁和克里斯平)

莱安德鲁　你究竟要怎么样，克里斯平？我知道这一切都是你导演的，我是不会相信你的鬼话的，你准备让我去哪儿啊？如果不是他们好糊弄，我就会死得很惨。

克里斯平　你怎么还来怪我？我做这一切不都是为了完成你的理想吗？

莱安德鲁　这样不好，克里斯平，不要再这样做了。我爱西尔维娅，我的爱不能掺假，无论如何，我不想欺骗她。

克里斯平　会有什么后果，你心知肚明……假如因为良心而舍弃真爱……可能连西尔维娅本人也会恨你。

莱安德鲁　你在说什么？如果她知道了事情真相，我该如何是好？

克里斯平　等她知道这一切时，你们已经结婚了，你早就不是现在的你啦。到时候，你已经变成她理想的丈夫……只要得到了她的爱……还有她的嫁妆，你就变成了真正的绅士。你不像波利奇内拉先生，他天性狡诈，可是你不同，你只是需要……你会比他忠诚……如果没有我陪在你身边，也许你早就因为各种顾虑而死于非命了。啊！如果我觉得你是另一种人，我会让你走政治这条路，那样一来，我们就会拥有整个世界，而不只是波利奇内拉先生的钱……我怎么可能心甘情愿让你去恋爱……你想都别想。可是，你没有那么大的企图，只想过简单的小日子。

莱安德鲁　你知道，你可以看到我的幸福吗？如果幸福是通过扯谎来得来的，我是没有幸福可言的，我只能把我的真爱牺牲掉。更何况，我对她是真爱，我不能扯谎啊！

　　克里斯平　那你就不要扯谎，勇敢去爱吧，可是，你要注意保护自己的爱情。某些事情在爱面前是不能说的，因为这些会让你和这份爱无缘，这些不算是扯谎。

　　莱安德鲁　这主意挺好，克里斯平。

　　克里斯平　你的爱和你想象中的一样吗？你是不是应该先想一下这个问题。在恋爱这件事情上一定要谨慎，不能敷衍了事。而谨慎的最高境界是欺骗自己，而不是欺骗他人。

　　莱安德鲁　这点儿我做不到啊，克里斯平，我不可能骗自己啊。我不会把自己的良心和理智作为交换条件。

　　克里斯平　因此我才说你不适合走政治那条路。我果然猜中了吧。在辨别真假方面，理智当仁不让，假如一个人分不清自己说过的假话到底是不是真的，他就会迷失自己。想要回到从前就不可能了，他自己也会变成一个彻头彻尾的谎言。

　　莱安德鲁　你说得头头是道呢，你是在哪儿学的呀，克里斯平？

　　克里斯平　这都是我在苦役船上想的。当时理智告诉我不少东西，很多东西我都看透了，其实我笨得要命，一点儿都不狡猾。假如我会耍点儿小计谋，可能我就不是在那儿划船，而是变成指挥那些船的人了。因此，我发誓要远离那里。而我可能要违背这个誓言了，就因为你，所以我现在什么都不怕。

　　莱安德鲁　我怎么听不懂你说的话呀？

　　克里斯平　我们已经没办法继续下去了，我们的信用已经全部透支完了，人们开始对我们有要求了。热情接待我们的客店老板需要你大方地回报他。潘塔隆先生，基于对客店老板的信任，我们才有机会在这栋华丽的房子里住，也才有了我们需要的一切……各类商人被各种气势震慑住了，才愿意这么支持我们。堂娜赛丽娜可给你帮了不少忙，在你恋爱这件事情上……他们都希望你有所回馈，继续要求他们就会显得我们过分了，我们也不应该埋怨这么刻意讨好的人……我的心已经牢牢被这座城市占据了，从此刻开始，它就是我的第二故乡！此外……一直有人跟踪我们，难道你忘了？你觉得人们会忘记我们在曼图亚和佛罗伦萨干过的事吗？那起众所周知的博隆尼亚案件，你不会忘记了吧？……一共用了三千二百个卷宗啊，我们逃跑时继续增加的那些还不算！对这一案件进行审理的那位非同寻常的法学博士，他的笔可是可以写出任何案卷的。不管什么事情都有可能变成理由和证据，还有那些让人怀疑的地方呢？而对于我布置的这场可以快速决定我们命运的战斗，你竟然要指责我？

莱安德鲁 我们还是赶紧离开这里吧！

克里斯平 不可以！我不想再继续逃亡了！今天就是对我们进行宣判的时候了……因为我，你有了爱情，现在，是你回报我的时候了。

莱安德鲁 可是到时候我们要如何离开这里啊？我可以做些什么，你赶紧说。

克里斯平 你不用做任何事情。别人会给我们呈上来的。一张利益关系网已经织好了，大家的共同利益的需要会救我们，你放心吧。

第五场

（前场人物。从右边第二道幕，也就是过道，走出堂娜赛丽娜）

莱安德鲁　堂娜赛丽娜，您来啦？

堂娜赛丽娜　太多人说闲话了，我可是冒着极大的风险过来的。这是一位年轻的优秀绅士的家。

克里斯平　如果有人敢侮辱您的名誉，我的主人一定不会放过他的。

堂娜赛丽娜　你的主人？算了吧！男人都喜欢说大话，可是，我依然会尽力帮助您。先生，昨天晚上有人要谋害您，对吗？今天这事已经传遍了……还有西尔维娅，太可怜了！她怎么这么爱您？我真是搞不懂。

克里斯平　只有我的主人知道，这一切都归功于您。

堂娜赛丽娜　我可不敢邀功……虽然我并不怎么了解他，可是依然帮他说了不少好话，而这些话我本不应该说的……为了您的爱情，我可是豁出去了。如果你不能信守承诺……

克里斯平　您觉得我的主人做不到？不要忘了，他亲笔签名的凭据就在您手上！……

堂娜赛丽娜　我正准备说亲笔签名呢！我们之间的过去，你以为我什么都不知道吗？我知道自己不应该质疑什么，也从不怀疑莱安德鲁先生是个守信的人。如果你们觉得今天我是自作自受，假如我可以得到他承诺给我的一半，我也愿意把另外一半放弃……

克里斯平　您是说就在今天？

堂娜赛丽娜　今天这个日子太不吉利了。二十年前的今天，我失去了我的第二任丈夫，也是我这一生的真爱。

克里斯平　看上去这是在颂扬您的第一个丈夫。

堂娜赛丽娜　第一任丈夫全拜我父亲所赐，我没有背叛他，虽然我并不爱他。

克里斯平　您心里肯定跟明镜一样的，是吧，堂娜赛丽娜？

堂娜赛丽娜　这些旧事就不要再提了，回忆并不美好。我们还是谈谈未来吧，西尔维娅要跟我一起来，你们不知道吗？

莱安德鲁　你是说到这儿来？

堂娜赛丽娜　你们有什么看法？波利奇内拉先生会做何感想？他遭到了全城人的控诉，要他必须同意你们结婚。

莱安德鲁　不行，绝对不行，让她赶紧离开这里。

克里斯平　嘘！您是了解的，我的主人总是心口不一。

堂娜赛丽娜　我明白了……如果让西尔维娅到他身边来，而且一直陪伴在他的身边，他还在犹豫什么？

克里斯平　犹豫什么？这您就不知道啦！

堂娜赛丽娜　所以我才来问你。

克里斯平　哎呀，堂娜赛丽娜！……假如我的主人今天和西尔维娅结了婚，那么曾经对您许下的承诺，明天就可以实现啦！

堂娜赛丽娜　如果失败了呢？

克里斯平　那么……您会竹篮打水———一场空。这下您知道接下来要怎么办了吧？

莱安德鲁　不要再说了，克里斯平！够了，我的爱情不会被当做一笔交易。您赶紧走吧，堂娜赛丽娜，叫西尔维娅不要再来这里了，让我从她的记忆中消失，赶紧回到她父亲身边。我要躲到一个没有我的踪迹的地方……我的名字！我也有资格有名字？

克里斯平　你能安静一会儿吗？

堂娜赛丽娜　他是怎么回事啊？这是在胡说什么？赶紧清醒过来！怎么能轻易放过这么好的机会！……现在这事不止跟您一个人有关了，这件事承载了有的人的所有希望。我这个女人可不一般，我可以冒那么大的风险帮您，您可不能开这种玩笑。您可一定要镇定，一定要和西尔维娅成亲，要不然，您可就吃不了兜着走，莱安德鲁先生，不要觉得我在这个世界上没有任何依靠……

克里斯平　堂娜赛丽娜说得没错。可是您要知道，我的主人之所以会这样说，都是因为您在怀疑他。

堂娜赛丽娜　不是我怀疑他……这中间有很多原因，我都跟你们说了吧……波利奇内拉先生可是个很精明的人……昨天晚上你们搞的鬼，蛊惑人们都对他恨之入骨……

克里斯平　您说我们背后捣鬼？

堂娜赛丽娜　好了，不要再装了！我们之间就不用再打哑谜了。实话跟你说了吧，你找的剑客里面有一个是我亲戚，其他人也跟我关系比较好……而且波利奇内拉先生也没有睡觉，据说他已经通知了官方，要彻底整垮你们，还说有一个案卷今天从博隆尼亚转过来了……

克里斯平　和案卷一起，还有个让人气愤的法官！他一共带了三千九百个卷宗来……

堂娜赛丽娜　对，就是这样。你们现在清楚了吧，时间来不及了，得赶紧行动。

克里斯平　我们是在抓紧时间行动啊！您赶紧回去吧……跟西尔维娅说……

堂娜赛丽娜　西尔维娅在这里。她冒充我的贴身女仆，和我一起来的，现在和科隆比纳正在客厅外面呢。我跟她说，您受的伤可不轻呢。

莱安德鲁　哦，上帝，我的西尔维娅。

堂娜赛丽娜　她只对您的安危担心不已，压根儿没有想过要冒着什么风险到这儿来。我是不是很仗义？

克里斯平　您真是厉害。快，赶紧躺下来，假装很痛苦的样子，昏迷过去了。一定得这样，我知道你心里怎么想。（一边恐吓一边推他到安乐椅上坐着）

莱安德鲁　好，我听你们的。我知道……清楚……可是我却骗了西尔维娅。对，让她进来，我想和她见一面，不管你们，还有别人是怎么想的，我必须要把她救出去。

克里斯平　你们千万要当心，我的主人心里可不是这样想的。

堂娜赛丽娜　我看他不会蠢到那个地步，随我来。（和克里斯平从右边第二道幕退出，也就是过道）

第六场

（从右边第二道幕走出莱安德鲁和西尔维娅）

莱安德鲁　西尔维娅！西尔维娅！

西尔维娅　您不是受了很重的伤吗？

莱安德鲁　没有，你现在看到了吧……那都是骗你的，目的就是骗你到这儿来。可是你别怕啊，你父亲随后就来，你赶紧跟他一起离开这里吧，也不要埋怨我……唉，你只是对爱情产生了幻觉，才产生了片刻的恍惚，就当这一切都只是噩梦一场吧。

西尔维娅　莱安德鲁，你在说什么？自始至终，你都在骗我？

莱安德鲁　我爱你，我真的爱你……因此我才要对你说实话！赶紧从这里离开吧，不要让任何人知道你的行踪，除了和你一起的人以外。

西尔维娅　你在担心什么？我在你这儿有危险吗？我可是想都

没想就来了……你会保护我的，对不对？

莱安德鲁 你说得没错，在我身边，你会很安全。你太纯真了，我不会让你受到伤害的。

西尔维娅 我父亲竟然会干出这种事，我再也不想回去了。

莱安德鲁 不要这样，西尔维娅，这不怨你的父亲，不是他做的。这又是一个骗局……你不要再和我在一起了，就当我从来没有在你的生命中出现过，我只是一个无名小卒，而且是官府正在通缉的罪人。

西尔维娅 不可能，我不相信。反倒是我父亲的所作所为，让我觉得自己没有资格得到您的爱。就是这样。我懂了……我怎么这么惨啊！

莱安德鲁 西尔维娅！我的西尔维娅啊！你的仁慈太残忍了！你如此单纯地信任我，对于我来说太残忍了！

第七场

（前场人物。从右边第二道幕跑出克里斯平）

克里斯平 先生！波利奇内拉先生来了。

西尔维娅 我父亲来了！

莱安德鲁 没事，我要亲自看到你回到你父亲身边。

克里斯平 可是你要知道，他可是和很多人一起来的，法官先生也在。

莱安德鲁 啊！如果他们看到你和我在一起，一定会觉得你是告密人……可是，你的心思都白费了。

克里斯平 我？不是我，真的不是我……这回可不得了了，我们无路可逃了。

莱安德鲁　我们逃吧，不要异想天开了！……可是一定要让她逃出去。你赶紧躲起来，待在这儿别动。

西尔维娅　那你呢？

莱安德鲁　我没事，你赶紧躲好，他们来了！（将西尔维娅藏起来。对克里斯平）去看看他们有什么事。在我回来以前，你小心一点儿，任何人都不准到里边去……没有退路了。（走向窗户）

克里斯平　（拦住他）不要啊！先生！这样死太不划算了！

莱安德鲁　不要担心我，我没想一死了之，我也不会逃跑，我只是救她。（从窗口朝上爬，一会儿就不见了）

克里斯平　先生，先生！没事！我原以为他会跳楼，可是爬向上面……安心等一会儿吧，等等看……他还想飞……蓝天确实属于他，而我，却要留在地上，特别是现在，要顶天立地。（一脸淡定地坐在椅子上）

第八场

（从右边第二道幕，也就是过道，一起走出克里斯平、波利奇内拉先生、客店老板、潘塔隆先生、上尉、阿尔莱金、法官、文书和两名手里拿着案卷的法警）

波利奇内拉　（在幕后，对假设中在外面待着的人）你们把门守好，不管什么都不准放出去。

客店老板　他们到哪儿去了，这两个强盗凶手！

潘塔隆　上帝啊，我的钱，我的钱啊！（众人挨个到了台上，法

官和文书走到桌子边准备记录。两名法官站在一边，胸前抱着案卷）

上尉　克里斯平，你告诉我，这所有都是假的。

阿尔莱金　都是假的，对吗？

潘塔隆　上帝啊，我的钱啊！

客店老板　抓住他们……不要让他们跑了！

潘塔隆　看他们能跑到哪儿去……这回他们跑不掉了。

克里斯平　你们这是在做什么？你们就这样随随便便闯进来，你们觉得合适吗？幸亏我的主人现在不在。

潘塔隆　闭上你的臭嘴，你是帮凶，你也在劫难逃。

客店老板　是的，和他嘴里的主人一样，也是个凶犯……就是他骗了我。

上尉　克里斯平，你对此有何解释？

阿尔莱金　这些人说的都是真的吗？

波利奇内拉　事情发展到今天这样，你还想狡辩吗，克里斯平？你觉得你的那些诡计会唬到我？是我想置你的主人于死地？我是小气，不错，可是我也不至于连自己女儿的死活都不在乎了。全城人都在恨我，我们走着瞧。

潘塔隆　行了，波利奇内拉先生，这事跟您没关系吧，您毫发未损啊。而我……却在没有任何抵押的情况下借出了自己的所有财产。我的后半辈子可怎么过呀！

客店老板　还有我！你们说，我这么看重他们，不惜用光我的所有财物，还去典当，就为了高规格地招待他们。这下我可是身无分文了。

上尉　我们也被这两个混蛋骗了！我竟然还拿着剑，毅然决然地表示要为一个骗子尽忠，人们这下会怎么看我？

阿尔莱金　我也认为他是一个什么贵族绅士，给他唱了那么多赞歌。

波利奇内拉　哈哈哈！

潘塔隆　笑吧，您就肆无忌惮地笑吧！……反正您什么都没损失……

客店老板　也没被骗走什么……

潘塔隆　快，快把他抓住！赶紧去找那个凶犯。

客店老板　认真点儿搜，无论如何要把他找出来。

克里斯平　且慢。假如你们敢继续往前……（拿着剑恐吓）

潘塔隆　我的上帝啊。这都什么时候了，你还有胆量恐吓人！真是无法无天了！

客店老板　千万不要轻饶了他们！

法官　先生们……你们不要乱来，要不然我们会白来一趟的。所有人都不能擅自行动。法律不是施暴，也不是报仇，而且处罚过当，也会造成很大的伤害。法律是智慧，智慧是秩序，秩序是理性，理性是程序，程序是逻辑。巴尔瓦拉·塞拉雷、达里奥、费里奥克、巴拉利普东，请呈上你们的控告申诉，我要在案卷里面，把这一切都记录下来。

克里斯平　太可恶了！还要持续上升。

法官　这两个人已经罪行累累了，现在你们的指控也将记录在案。我要先全部收集完，这样，你们才不会对我的工作产生怀疑，我们才能替你们讨回公道。文书先生，原告怎么说的，你都一一记录在案。

潘塔隆　太麻烦了，不需要，我们知道所谓的法律的概念。

客店老板　不用记录什么，说不准到最后还会颠倒黑白……我们不能把钱收回来，他们也会逍遥法外。

潘塔隆 就是，就是……最重要的还是我的钱，我的钱！然后再来说什么法律！

法官 你这个家伙人没有素质了，愚昧到了极点，还没有受到文明的熏陶！你们脑子里有法律的概念吗？不能只想着你们遭受了损失，还要搞明白是不是故意谋害，也就是说，要分清楚是提前预谋的，还是坑害，这可不一样……虽然人们总是分不清二者。请记住……在一部分情况下……

潘塔隆 行了！再说下去，我们这些人倒变成罪人了。

法官 你们怎么能这样做呢？这是不承认事实真相！……

客店老板 真相就摆在我们面前。这个骗子骗走了我们的钱财。你还要找什么真相？什么罪证？

法官 你们要清楚一点，骗和偷并不能画等号，和故意谋害或坑害也不能画等号，我已经说过了。从《十二铜表法》①到查士丁尼②、特里波尼安、埃米利安③、特里贝里安……

潘塔隆 总而言之，我的钱没了……我们完全有资格去关心这个。

波利奇内拉 法官先生说得没错。让他记录吧，我们不能怀疑他。

法官 文书先生，赶紧记录。

克里斯平 你们能听我说几句吗？

潘塔隆 不，不要，把你的臭嘴闭上，无赖、骗子……把你的臭嘴闭上，道德沦丧的家伙……

客店老板 到你们该去的地方去了，自然有你们讲话的机会。

---

① 《十二铜表法》：古罗马时期编纂的一部法典。
② 查士丁尼（483—565年）：拜占庭皇帝。
③ 埃米利安（？—253年）：罗马皇帝。

法官　你们没有阻止他讲话的权利。法律规定，各方都要陈述自己的观点……记下来，记下来。在某某城……某年某月……可是，好像应该对这间屋子里的资产先进行一下登记……

克里斯半　请您务必认真一点儿，每样东西都要登记上去……

法官　然后是原告交保证金，以免质疑他们的诚意。就交两千埃斯库多吧，还有产业担保……

潘塔隆　什么？我们交两千埃斯库多？

法官　按照规定应该是八千，可是我考虑到各位都是声名卓著的人，表示一下就可以了，一直以来，我都非常尊重别人……

客店老板　好了，不用记了，就到这儿吧！

法官　你说什么？你们也太不注重法律了吧？这是粗鲁地对待执法人员重新立一案。

潘塔隆　这家伙会把我们都毁了的。

客店老板　他已经失去理智了！

法官　你们在这儿说"家伙""失去理智"？请注意措辞。记，记下来：还恶语相向……

克里斯平　看，你们不听我的，真是自讨苦吃。

潘塔隆　好好好，你来说，看来，你的下场会不错。

克里斯平　就让那家伙先歇歇吧，要不然他写出的案卷会堆得像小山一样高。

潘塔隆　好好好！您歇歇吧！

客店老板　还是不要再记了……

法官　所有人都没有资格动手。

克里斯平　上尉先生，请让您的剑发挥一下作用，剑也代表着法律。

上尉 （走到桌边，用剑用力拍打了一下书写的案卷）这位兄弟，还是先停下来吧。

法官 提出的要求必须合理才行。安静一点儿，必须先弄明白一个问题……你们诉讼双方先交流一下……我们趁这会儿登记资产……

潘塔隆 不，不！

法官 不能省略这一步，这是法律规定的。

克里斯平 现在不需要，请允许我和这些绅士们先交流一下。

法官 如果需要的话，把您对他们所说的话都记录下来……

克里斯平 完全没必要，不许记录，要不然我就不说了。

上尉 还是让他说吧。

克里斯平 你们想让我说什么？你们在埋怨什么？损失的金钱？你们想要什么？把损失的金钱收回去？

潘塔隆 是，就是我的钱！

客店老板 是我们的钱！

克里斯平 那你们就请认真听我说……你们就这样对我的主人的名誉加以破坏，让他没办法和波利奇内拉先生的女儿成亲，那你们的钱要怎么收回来呢？哪怕和地痞打交道，也不要和傻瓜为伍，这句话我老早就跟你们说过吧。看看你们现在的所作所为，还把官府叫来了，想达到什么目的？把我们送到苦役船上或其他恐怖的地方，这样一来，你们又能有什么收获？难道是把我们变成钱？我们没有好果子吃，难道你们就可以有钱，变得崇高？反之，假如不是你们这时候来坏事，今天，对，就是今天，你们不仅可以把钱收回去，还可以收到利息……就光利息，你们就会笑开花……我已经给你们讲清楚了利害关系，现在就看你们的了，请便……

法官 他们的谈判陷入了僵局……

上尉　我一直都觉得他们还是有好的一面的。

波利奇内拉　我知道这个克里斯平……也许你们被他的话打动了。

潘塔隆　（对客店老板）你怎么想？好好想一下……

客店老板　你呢？你怎么想？

潘塔隆　你说你的主人原本今天就可以和波利奇内拉先生的女儿成亲，可如果他不同意呢？

克里斯平　这可由不得他。因为他的女儿已经和我的主人一起偷偷跑出去了……马上就会传遍了……他不可能容忍得了别人说他的女儿和一个逃犯偷偷跑了。

潘塔隆　事已至此……你说我们现在应该怎么办？

客店老板　我们不能被他说动了。那个坏蛋可什么谎都敢撒。

潘塔隆　对，我也是鬼迷心窍了，竟然会相信他！处罚他，处罚他！

克里斯平　既然你们这样想的话，那你们的下场一定会很惨。

潘塔隆　容我们再想想……波利奇内拉先生，您怎么看？

波利奇内拉　我的观点你觉得会是什么样的呢？

潘塔隆　假如我们找不到理由审判他们，假如莱安德鲁先生真的是个高贵的绅士……不会做一些不光彩的事……

波利奇内拉　你说什么？

潘塔隆　假如您的女儿对他爱得如此之深，甚至要跟他偷偷逃走。

波利奇内拉　我的女儿怎么可能偷偷和那个家伙逃跑？这是哪个没脸没皮的说的？胆儿也太大了……

潘塔隆　先生，请不要这么生气，我只是假设一下而已。

波利奇内拉　假设也不行。

潘塔隆　不要动怒。如果真的像他所说的那样，您会愿意让您的女儿和他成亲吗?

波利奇内拉 和他成亲?我宁愿把她杀了!可是,你们竟然会有这样的想法,这也太可笑了。我还不至于神志不清到那种地步,你们只是想把我牺牲掉,借此把你们的钱收回来,你们同样很邪恶。你们做梦去吧……

潘塔隆 瞧您说的,既然您也涉事其中,就不要说什么邪恶不邪恶了。

客店老板 就是,说得没错。

波利奇内拉 卑鄙、下流,你们想联合起来和我作对,你们休想!

法官 不要担心,波利奇内拉先生。那里已经记录在案了,就算他们对于控告他的决心有所动摇。您觉得那里记录的可以完全抹杀掉吗?那可是罪证确凿的五十二条罪行呢,而且还有好多需要找到证据。

潘塔隆 现在你还有什么可辩解的,克里斯平?

克里斯平 即便罪行再多,也差不多等同于眼前的这些……无法还债,因为我们分文没有。

法官 这可不行!我应该得到的钱,必须分文不少地给我。

克里斯平 那你就找这些控告人要吧,要钱没有,就剩下两条命。

法官 诉讼费是法律规定的,不行的话就把这屋子里的东西拿来做抵押。

潘塔隆 什么?我们还指望着这些东西可以补偿我们一点儿呢。

客店老板 是,不行的话……

法官 记下来,通通记下来,大家都有自己的观点,我们无法辨别谁更站得住脚了。

潘塔隆、客店老板 不要记!不能记!

克里斯平 法官先生，请听我说。假如什么都不记，而是一次性都给您……叫什么？酬劳吧？

法官 诉讼费。

克里斯平 不管叫什么。您觉得如何？

法官 这个可以商量。

克里斯平 如果波利奇内拉先生今天愿意让他的女儿和我的主人成亲，他今天就可以变成有钱人。想想看，波利奇内拉先生就这么一个女儿，我的主人指定是他的所有财产的继承人，要知道……

法官 可以，可以商量。

潘塔隆 法官先生，他都跟您说了些什么？

客店老板 你准备怎么判？

法官 容我再考虑考虑。这小伙子思维挺敏捷，看来还是比较了解法律的。鉴于你们都是金钱上受到了损失，而且，在哪里损失的就应该在哪里弥补回来，这才是最公平的处罚；再加上早在古代蛮荒时的同态复仇法中就有"以眼还眼，以牙还牙"的规定，而不是"以眼还牙，以牙还眼"……说到最后，他没有伤害谁的性命，因此不需要偿命。这件事情只关系到钱，那就应该用钱来还钱。此外，他也没有对你们的人身和名誉造成破坏，所以要让他受到同样的惩罚。对等就是最大的公平，就像拉丁文所说"Equitas Justitia Magna Est"。从《法学汇编》到特里波尼安和埃米利安，特里波尼安……

潘塔隆 不要再啰啰唆唆的了，我们只想把我们的钱要回来……

客店老板 假如他给我们钱……

波利奇内拉 都是一群无耻之徒，给什么钱？你们在想什么？

克里斯平 现在的重点是你们都想把我的主人救出来，考虑到你们所有人的利益。各位，为了找回你们的金钱；法官先生，为了让您得到您应得的诉讼费；上尉先生，所有人都看见您和我的主人站在一条线上，考虑到您的利益，以免让人说你和无耻之徒有过交往；阿尔莱金先生，假如人们知道您诗兴大发，您的诗文就没有之前那么值钱了；还有您，波利奇内拉先生……我的老朋友，因为您的女儿已经成为莱安德鲁先生公认的妻子了。

波利奇内拉 一派胡言！你胆子也太大了！

克里斯平 那么，还是开始对这间屋子的财产进行登记吧！记吧，记吧，这几位先生都可以做证。先从这间屋子开始。(把舞台深处的门帘拉开，西尔维娅、莱安德鲁、堂娜赛丽娜、科隆比纳和波利奇内拉太太一同出现)

第九场

(前场人物。舞台深处出现西尔维娅、莱安德鲁、堂娜赛丽娜、科隆比纳和波利奇内拉太太)

潘塔隆、客店老板 居然是西尔维娅！

上尉、阿尔莱金 他们两人居然真的在一起！

波利奇内拉 居然是真的？他们竟然合起伙来对付我！连我的老婆和女儿都站在他们那一边。他们沆瀣一气来害我！把那家伙抓住，还有那些女人，把那个骗子抓起来，要不然我就……

潘塔隆 波利奇内拉先生，您不会真的神志不清了吧？

莱安德鲁 (在大家的拥护下走到舞台前面)是您的女儿担心我，所以才在堂娜赛丽娜的陪同下到这里来的，我现在就去找您太太来陪她。我是什么样的人，西尔维娅再了解不过了，她知道我没有钱、狡诈、低贱的过去，她的心底现在肯定已经不再有爱的幻梦了……您把她带走吧，带走吧，我求求您了，之后我就自己去法院自首。

波利奇内拉　我如何管教女儿，用不着你操心，可是，你……赶紧把他抓起来！

西尔维娅　爸爸！您一定要救他，要不然我就死给您看。我爱他，永远爱他，跟以往相比，我现在最爱他。他的心灵很高尚，只是很不幸遇到了坎坷。原本他可以对我撒谎的，可是他却对我吐露了实情。

波利奇内拉　住嘴，你这个疯丫头，怎么这么不自重！都是跟你妈学的……像她一样爱慕虚荣，喜欢幻想。看来浪漫小说、月下音乐把你害得不轻啊。

波利奇内拉太太　只要我的女儿不和你这样的人成亲，我无所谓。我可不想她重蹈我的覆辙。你的钱财有什么意义？

堂娜赛丽娜　说得真好，波利奇内拉太太。光有钱没有爱，没有丝毫意义。

科隆比纳　有爱没钱也没有意义啊。

法官　波利奇内拉先生，我觉得还是让他们成亲吧。

潘塔隆　这件事会传遍全城的。

客店老板　所有的人都对他们表示同情，而不是对您给予同情。

上尉　您要是欺负您女儿，我们可是不会同意的。

法官　赶快记录，在这里发现了姑娘，还有她的情人，这些事实都要记录下来。

克里斯平　尽管我的主人没有钱，可是论品德，他却不逊色于任何人……您的外孙，只要和外公不像……这个社会就不会再有不绅士的人了……

众人　让他们成亲，让他们成亲！

潘塔隆 要不然，我们一定不会同意。

客店老板 否则的话，我会揭露您所有的底细……

阿尔莱金 您不会得到任何好处……

堂娜赛丽娜 作为一个身份尊贵的女人，我也非常感动于这少有的痴情，希望您能够成全他们。

科隆比纳 真像电视里面演的。

众人 让他们成亲，让他们成亲！

波利奇内拉 结就结，可是他们别想从我这里获得钱财，我不会给女儿陪嫁，也不能继承……我绝对不会便宜了那个混蛋，哪怕让我一分钱都没有……

法官 波利奇内拉先生，这在法律上是行不通的。

潘塔隆 您根本就是在胡扯啊！

客店老板 这脑袋怎么转不过弯来呢？

阿尔莱金 这算怎么回事？

上尉 我们都是不会同意的。

西尔维娅 不，爸爸，我只想和他在一起，我不会要您的任何财产。这才能证明我是真的爱他。

莱安德鲁 只有这样，我才有资格和你相爱……（众人都朝西尔维娅和莱安德鲁跑去）

法官 他们在说什么？他们都精神失常了吗？

潘塔隆 我们不同意！

客店老板 你们一定得要！

阿尔莱金 这样你们才能过得幸福。

波利奇内拉太太 让我女儿生活拮据，怎么会有这么狠心的爸爸！

堂娜赛丽娜　爱情太稚嫩了，必须生活在温室中。

法官　这可不行！波利奇内拉先生是个有身份的人，又是和蔼的父亲，一定要当场把厚赠的凭据签下来。文书先生，赶紧记下来，所有人都不得提出反对意见。

众人　（除了波利奇内拉）记下来，一定要记下来！

法官　你们，年轻的情侣……你们也不能拒绝这份财产，任何人都无法忍受过度的猜疑。

潘塔隆　（对克里斯平）欠我们的钱，没有理由不还吧？

克里斯平　这个问题还需要讨论吗？可是，你必须表明你们的立场，莱安德鲁先生一直都是个诚实的人……你们瞧，为了让你们的贪欲得到满足，他不得不接受那笔厚赠。

潘塔隆　我们一直都非常敬仰他，他是个尊贵的绅士。

客店老板　一直都是。

阿尔莱金　所有人都是这样觉得的。

上尉　一直都觉得。

克里斯平　法官先生，把那个案卷埋掉的泥土足够吗？

法官　我一早就准备好了。只要把一些句子的标点改一下……您看，之前是……"假如是不承认……"只要加个逗号，就成了"假如是，不承认……"还有这儿，"假如不，应该判其……"就变成"假如不应该判其……"

克里斯平　啊，神奇的逗号！太奇妙了！真是上天的聪慧啊！法律的权威！裁判的失误！

法官　现在，我非常肯定你的主人具有崇高的品行。

克里斯平　不用担心。你再清楚不过，钱会如何改变一个人。

文书　那些逗号是我修改的……

克里斯平 先把这根金链条给你，随后再给你丰厚的回报。

文书 这和法律规定的成色相符吗？

克里斯平 您可以检查一下，这个您最懂了……

波利奇内拉 我现在只想提一个要求：那就是让这个无赖永远远离你。

克里斯平 不用您说，波利奇内拉先生。我有更伟大的抱负，您觉得我会像我的主人一样只满足于眼前吗？

莱安德鲁 你要走吗，克里斯平？那我可太难过了。

克里斯平 不用难过，我对您来说，已经没有意义了，离开我，您就和从前完全不一样了……我曾经告诉过您什么，我的主人？大家会来救我们的……这一点您永远不要怀疑。为了实现自己的目标而笼络人心，还不如创造利害关系……

莱安德鲁 你说得不对，正是因为有了西尔维娅的爱这个条件，才会出现这样的结果。

克里斯平 可是那爱，不也是小小的利害吗？我在做事情时，也会考虑它，而且还总是受惠于它。到这里，演出就全部结束了。

西尔维娅 （对观众）在这部戏里，就像是在人生的剧场上，这些玩偶就像被绳子拽着的世人，你们也看到了，而生活当中的利害、情爱、阴谋和地位等各种因素就是这根绳子：拉一下双脚，人们就得步履蹒跚地前进；拉一下胳膊，人们就必须勤勤恳恳地工作、生气地抗争、偷盗、做一个亡命之徒。可是，有时候在那些绳子上，会突然降临一根细线，似乎是用太阳和月亮的光线做成的，会扣动人的心弦，人们用爱情之线称呼它。这爱情的细线，竟然可以让世人变得纯洁高大起来，就好像那些拥有人的特点的玩偶一样，让我们的额头也充满了明亮，我们的心灵生出翅膀。它跟我们说：舞台上表演的不只是戏，总会有一些美好的事物被保留在我们的生活中，哪怕演出告终，它也一直都在。

［幕落］

——剧终

哈辛特·贝纳文特·伊·马丁内斯作品年表

1866年　8月12日在马德里出生,父亲是位儿科名医,他有两个哥哥,后来分别成为律师和儿科医生。

1882年　在马德里中央大学求学,专业是法律。可是他并不怎么喜欢法律,反倒对戏剧情有独钟,经常用硬纸壳作舞台,自创舞台傀儡剧给朋友们欣赏。

1892——1893年　创作了诗集《女人的信》,作品选集《奇妙的剧院》。

1894年　创作完成《别人的窝》,导演艾米力·马瑞欧不太情愿地同意上演,10月16日首次在马德里上演。

1896年　表达现代生活场景的四幕剧《上流社会》创作完成。10月21日首次在马德里上演。

1897年　《塔丽耶丝的丈夫》创作完成,2月13日在拉拉剧院上演。为卡门·可贝尼亚小姐写的独白剧《在恢复期》创作完成。改编于莫里哀的五幕剧《唐璜》完成,10月31日在公主剧院上演。二幕剧《流浪戏团》完成,11月30日在拉拉剧院上演。

1898 年　三幕一场的喜剧《野兽之宴》完成，11 月 7 日上演于喜剧剧院。写实独幕剧《女权剧》完成，12 月 28 日上演于喜剧剧院。《受煎熬之地》完成。

1899 年　翻译自莎士比亚的三幕加序幕幻想喜剧《爱的苦恼》完成，3 月 11 日上演于喜剧剧院。独幕喜剧《外科手术》完成，5 月 4 日上演于拉拉剧院。独幕喜剧《残酷的离别》完成，12 月 7 日第一次在拉拉剧院上演。

1900 年　四景喜剧《安哥拉的牝猫》完成，3 月 31 日上演于喜剧剧院。四景喜剧《参观旅行》完成，4 月 6 日第一次在耶斯拉瓦剧院上演。

1901 年　独幕悲剧《创伤》完成，7 月 15 日第一次在巴拉雪拉那剧院上演。独幕闹剧《流行》完成，1 月 19 日第一次在喜剧剧院上演。三幕喜剧《悄悄话》完成，1 月 19 日第一次在喜剧剧院上演。独幕喜剧《未曾爱过》完成，7 月 19 日第一次在罗贝罗蒂斯剧院上演。三幕喜剧《省长夫人》完成，10 月 8 日第一次在喜剧剧院上演。三幕喜剧《堂弟罗门》完成，11 月 12 日第一次在中央剧院上演。

1902 年　完成剧本《征服灵魂》。

1903 年　创作完成戏剧《星期六晚上》。

1904 年　创作完成《请勿吸烟》。

1906 年　和马那布剧团一起到拉丁美洲成功演出。

1907 年　《利害关系》《爱情惊吓》完成。

1908 年　《女主人》完成，上演于公主剧院。完成《小理由》。

1912 年　三幕剧《火龙》完成，西班牙皇家语言学院授予其比规耳奖。

1913 年　三幕剧《野兽的进餐》《不吉利的姑娘》完成，《周末之夜》

完成。

1915 年 《公主贝贝》《自尊》《星带》完成。

1916 年 《貂的田野》《白色盾章》完成。

1919 年 《无耻的人们》上演，由卡尔多斯的小说改编而来。

1922 年 母亲逝世。借劳拉·曼伯里费斯剧团的艺术指导的名义，
到南美巡演旅游。荣获诺贝尔文学奖。

1923 年 3 月，哥伦比亚大学西班牙协会给他举行了一次欢迎会，
并成为纽约荣誉市民。

1924 年 第一次在费达尔巴剧院上演《怀疑的美德》。当着阿耳方索
八世的面，被叫作"马德里的爱子"，被授予大十字章。

1928 年 在埃斯克拉瓦剧院上演《天堂和禁坛》，反政府革命倾向暗
含其中。

1931 年 首次遭到共和党的抨击。在马德里《ABC》杂志上发表文章，
再次表明他有信心西班牙会统一。自那以后，西班牙不允
许演出他的任何剧本。

1936 年 佛朗哥将军凯旋，被任命为"中央剧院评议会""附属剧院
委员会"会长。

1941 年 《不可相信》剧本完成。

1954 年 7 月 14 日，逝世于马德里家中，享年八十八岁。